クールな月城さんは俺にだけデレ可愛い

著——村田天
イラスト——成海七海

「シャワー浴びちゃった。お湯張ってきたから入れるよ」
月城碧《つきしろあおい》
CooL or Cute?

お風呂上り
末《す》久《く》根《ね》悠《ゆう》

月城碧《つきしろあおい》

海デート
湯《ゆ》田《た》咲良《さくら》

「そんなに、見られたら……ちょっと恥ずかしいけど……」

庭で花火

月城は不快感を表明する感じでもなく、モゴモゴしながらまじまじとこちらを見つめ返してくる。

視線がまっすぐかち合って、少しつり目がちの大きな瞳が真正面にあり、なぜだかそこから動けなくなった。

月城も瞬きを忘れたかのように、まったく動かずに、じっと俺の目を見ている。

見つめ合っている間も月城の持っていた花火は、しゅわしゅわと弾ける音をさせていたが、やがて燃えカスがぽとんと落ちて、辺りがふっと暗くなる。

COOL NA TSUKISHIROSAN HA ORE NI DAKE DEREKAWAII

CONTENTS

クールな月城さんは俺にだけデレ可愛い

村田 天

ファンタジア文庫

3134

口絵・本文イラスト　成海七海

村田天
イラスト 成海七海
クールな月城さんは
俺にだけデレ可愛い

登場人物

— Characters —

末《す》久《く》根《ね》悠《ゆう》

ある事件をきっかけに
女性不信になってしまった高校生。
月城碧とは幼馴染だが、
小学生の時の引っ越しによって縁が切れていた。

月《つき》城《しろ》碧《あおい》

成績優秀かつ眉目秀麗なクラスメイト。
モデルをやっていてみんなの憧れの的だが、
誰に対しても素っ気ない態度をとる。

赤《あか》彫《ほり》慶《けい》介《すけ》

異様に女にモテるイケメンクラスメイトで、
末久根の友人。
湯田咲良のことが好きだが、
軽くあしらわれている。

湯《ゆ》田《た》咲良《さくら》

ぱっと見は大人しく、礼儀正しい同級生。
でも意外と図太い。
普段は地味で目立たないが、
隠れ美少女で隠れ巨乳。

プロローグ

休み時間に、教室の端の席で月城碧《つきしろあおい》が本を読んでいた。

時折耳からはらりと落ちた長い髪をかけなおす。本を読んでいるだけだというのに、涼しげな美貌も相まって素晴らしくクールだった。

教室はざわめきに満ちていたが、彼女の周りの空気だけは整然としていた。

そこにひとりの男子生徒が近寄っていく。

チャラそうなその男子は隣のクラスのやつで、時々ああして月城に絡《から》みにくる。

「あっれー、月城、何読んでるんだ？」

彼女の持つ文庫本にはカバーがかかっていて、何の本なのかはわからない。

「話しかけないで」

月城は目線すらそちらにやらず、そっけなく答えた。

この反応は毎度のことでもある。男子は照れ隠しなのか、盛大なやれやれ感を出しながらもスゴスゴと戻っていった。

教室の中央では二人の男子がゴムボールを投げて遊んでいた。

最初のうちは近距離でゆるく投げ合っているだけだったが、だんだんふざけが大きくなり、相手が取れないような所に飛ばすようになってくる。

ボールは月城の頭の辺りに向かって勢いよく飛んでいった。

月城は無言で文庫本をすっと顔の横に掲げる。

ボールはパシンと乾いた音を立て、盾となった本に跳ね返り、月城の足元近くにぽとんと落ちた。

男子生徒が謝っていたが、彼女はやはりそちらに視線をやろうともしなかった。

本をぱたんと閉じる。無言のまま立ち上がりスカートのひだを一撫《ひとな》でして直すと、教室の扉から出ていった。

俺は自分の席付近で友人と話しながら、見るともなしにそのさまを視界に入れていた。

「そうだ。末久根《すくね》、この間ありがとな。助かった。これは約束のジュース代だ」

「え、おお。忘れてた」

友人から百二十円を渡された。俺はそれをポケットにねじこんで、自販機へ移動した。

途中、二階のロビーの端にあるベンチに腰掛けた月城が、静かに読書の続きをしているのが目に入る。

そのまま通り過ぎ、自販機でりんごジュースを買った。その場で一気飲みしてゴミ箱に捨てる。

戻ろうとして同じ場所を通ると、月城が別クラスの女子に声をかけられていた。

「あの……読書中すみません！　私……前から月城さんのファンなんです」

「……そう」

女子にも平等に、おそろしく愛想《あいそ》が悪い。いや、今回は顔を上げて目線をそちらにやっただけ親切かもしれない。月城はけだるげな顔で立ち上がり、教室に戻っていった。

やがて放課後になり、俺は図書委員会の仕事で返却作業をしていた。

一段落つき窓の外に顔を出すと、校舎の外で帰り支度を終えた月城がこちらを見上げていた。

俺はそれに気がついて、小さく片手を上げてみせた。

彼女はこちらを見上げたまま、一瞬だけふわりと口元を緩めて笑った。

＊　　＊

帰宅して玄関で靴を脱いでいると、制服の月城がリビングのほうから出てきた。

「おかえり、悠《ゆう》」

「ただいま」

「もうご飯できてるから、早く着替えてきなさいだって」

「あいよ」

着替えてからダイニングに入ると、そこでは俺の母親が回鍋肉《ホイコーロー》ののった大皿をテーブルに置いていた。味噌汁《みそしる》が既に四人分置かれていて、いい匂いがしていた。

「あら悠、おかえり。ちょうどいいとこに来たからあんたご飯よそって」

「ああ」

「あ、あたしがやります」

襟ぐりの開いたゆったりとした長袖のティーシャツにショートパンツという部屋着に着替えた月城が背後から現れて言う。俺の手から茶碗《ちゃわん》をふわっと奪い取る。

「悠はご飯どれくらい？」

「大盛りで」

「わかった」

月城は少しぎこちない手つきで、それでも丁寧にご飯をよそった。

「はい、どうぞ」

月城は両手でそっと俺に茶碗を渡してから自分用の茶碗にほんの少しのご飯を入れた。

こちらは先ほどに比べると少しぞんざいなよそい方だった。

スーツからだらしない格好になった俺の父も現れ、両親と月城といつも通りの夕食。

食後に自室にいると、控えめなノックの音がした。

母親はこんなノックはしない。もっと乱暴だし、した瞬間に開けたりするのでノックの意味がほぼない。立ち上がって扉を開けると、月城がそこに佇《たたず》んでいた。

「悠……ちょっといいかな」

「どうかしたのか？」

「うん……あたしの部屋に、来てほしいんだ」

隣にある月城の部屋に行くと、彼女が無言で天井を指差す。

そこにはどでかい蛾《が》が一匹張り付いていた。

二人そろって見上げて、そのあと顔を見合わせた。

「悠、あれ取れる？」

「いや、届かないな」

「あたしが悠におんぶしてもらったら届くかも」

「月城が届いても……蛾、触れるのか？　虫苦手じゃなかったか？」

「触れない……言ってみただけ……」

月城はなぜか恥ずかしそうな顔をしてうつむいた。

部屋を見まわして足場になるようなものを探す。月城の部屋には勉強机がない。勉強や、文字を書くときは小さなひとり用のローテーブルを使っているようだったが、それは強度があまりなさそうだった。幸い俺の部屋には中一のときに買ってもらったスタンダードな勉強机と椅子があった。

隣の自室から椅子を移動させて、位置を調整する。

「ティッシュとか、いらないの？」

「いらん。あるとなんか、摑《つか》みづらくなる」

椅子に乗ろうとした途端、蛾が羽ばたいた。

バタバタと蛇行しながらこちらへ向かってくる。

「ひ、きゃあぁ！」

「ひえぇ！」

叫んだ月城が、俺の背中に張り付いて隠れた。俺は突然張り付かれたことのほうにびっくりして声を上げた。

蛾は今度は壁のさほど高くない位置にとまった。この位置ならそのまま摑める。

移動しようとするが、月城がぴとりと張り付いたまま離れないので、動きづらかった。

二人羽織《ばおり》のような圧力を背に感じながらノッソノッソと移動した。

ゆっくり、そおっと壁に手を伸ばす。

「摑んだ！　月城、窓開けて」

声をかけると背中にあった体温がふっと離れる。月城がすばやく開けた窓から手を出して、蛾を外界に放った。

「あ、ありがとう……」

「うん」

「どうしようと思ったんだけど、悠は小学生のころ虫捕って飼ってたと思って……」

「あれは蛾じゃなくて蝶《ちょう》になる芋虫とかクワガタだ……」

「あたしはどれも触りたくないけど」

そう言って月城はようやくほどけたように笑った。

「ほんじゃ戻るな」

椅子を持って戻ろうとした背中に声をかけられる。

「悠は何してたの？」

「え、さっきか？　明日小テストあるから、一応勉強しようか迷ってた」

「ああ、英語だよね？　一緒にやろ。あたしが教えてあげる」

「どこで？」

「あたしの机はさすがに小さいし……悠の机もひとり用だし……ダイニングかな」

「そうだな。じゃあ椅子戻してくるからまたあとで」

「了解。じゃあ準備したらダイニングに集合ね」


俺とクラスメイトの月城碧は小学校四年まで付き合いがあった幼馴染《おさななじ》みだ。

今現在、彼女は俺の家に居候《いそうろう》している。

今でこそ、こうしてなんとなく仲良くやってはいるが、高校で再会したときには完全に疎遠だった。というか、わりと他人同然だった。

仲良く一緒に過ごした日から年月が経《た》ち、再会したとき月城は全方位にクールで極端に無愛想《ぶあいそう》なやつになっていたし、俺は立派な女性不信になりはてていた。

少なくとも今のこの状況になるまでは、四ヶ月ほどかかっていたのだ。

春の章

高校一年生の五月初頭。

連休明けのうららかなその日、俺は学食で天ぷらうどんを食べていた。

「お、月城《つきしろ》さんだ」

目の前でカレーを食べていた友人の赤彫《あかほり》に言われてそちらを見る。

喧騒《けんそう》にまみれた学食の入口付近に、俺がクラスで、いや宇宙で一番苦手な女子がそこにいた。

月城碧《あおい》の成績は学年上位。体育でもそれほどやる気はなさそうなのに大抵の種目はそつなくこなす。目鼻立ちのくっきりとした気の強そうな顔は、整い過ぎていて逆に冷たい印象を助長させている。全体の印象は華奢《きゃしゃ》だが、スカートから覗《のぞ》く太ももがやたらと長くてスタイルがいい。芸能人みたいなオーラを放っている美少女だ。実際に十代女子向けのファッション雑誌のモデルをやっているらしく、入学時から半端《はんぱ》なく目立っていた。

月城はそのスペックゆえか、男女共に声をかけられることは多かったけれど、その対応はだいたい雑でそっけない。

女子にトイレに誘われても「行かない」と答えているのを見たことがあるし、男子に「雑誌、見たよ」と言われても「そう」の一言で終わらせる。校内で有名なイケメン先輩に連絡先を聞かれた際に「教えたくない」とバッサリ断ったという伝説もある。

月城は同い年のクラスメイトのことを、見下しているような感じがあった。

華やかな大人の世界に足を踏み入れて働いているという自信がそうさせるのだろうか、本当は学校なんてくだらないと思っているような雰囲気を醸《かも》し出している。

そんなところも周囲には大人びた色気に映るのだろうか。許し難《がた》い高慢さなのに、女子には「クール」男子には「エロい」などと言われ、そのキャラクターのまま、なんとなく受け入れられている。

月城は学食に入ってすぐ、男子の先輩に声をかけられていた。

それに対して鬱陶しそうな顔で何か一言発し、離れた席にけだるげに腰掛けた。何を言ったのかはわからないが、ブリザードワードをくらったらしい先輩はスゴスゴと同級生のもとに戻り、肩を叩《たた》かれ慰められている。

俺はその一連の流れを眺めてから、眼前のうどんに視線を戻し、箸を構えた。

「なぁなぁ、月城さんだよ」

「そうだな月城だな。なんでわざわざ教えてくるんだよ……」

有名人とはいえ、同じ教室にいつもいるじゃないか。

「なんで教えたかって……お前、なんか気にしてない？」

「え、えぇ？」

言われてビックリする。

こいつにそう思われてるということは月城にもそう思われている可能性があるからだ。

「俺は断じて気にしていない。ただちょっと……」

「ちょっと？」

「……嫌われている」

そこそこイケメンの男でもまったく相手にしない女、月城にとって、俺はもともと意識しなければ視界にすら入らないダンゴムシのような存在。だからこちらも気にしなくていいはずだった。

そのはずなのだが、最近雲行きがあやしかった。

俺はおそらく、彼女に嫌われている。

これは間違いのないことだった。

まず、そんなつもりもないのに月城と目が合うことが多く、そのたびに超高速で目を逸《そ》らされている。ああいうやつはきっと、汚れた雑巾を何秒も視界に入れていると目が腐ると思ってるのだろう。だから普通にしてたらつい見てしまう容姿だったとしても、俺は極力彼女の方角には視線をやらないようにしている。

それでも同じクラスであるため、先週はうっかり扉で正面から遭遇してしまいえらくびっくりした顔で見られた。月城は普段どんなやつと顔を合わせても表情ひとつ変えないのに、俺はよほど忌《い》まわしい顔なんだろう。

「気のせいじゃないか?」

「そう思うならこれを見ろ」

俺はポケットから小さく折り畳んだメモ用紙を取り出した。

「なんだこれ、ゴミか?」

「そうだよ」

赤彫がメモを広げてしげしげと眺める。

「やっぱりゴミだな」

「だからそうだって言ってるだろ」

これは暇つぶしにやっていた脱出ゲームの暗号の謎解きメモで、『タワシ4』『ビキニ2』『皿6』などと謎の文言が連ねてあるだけの、まごうことなきゴミだった。

「この間、これをうっかり廊下に落としたんだよ……そうしたらな」

月城はわざわざ走ってきて、ものすごく嫌そうに小声で「す、末久根《すくね》」と呼びかけた。

この女が口籠《くちごも》るなんて、よほど名を発声したくなかったんだろう。

そうして俺の落としたゴミを見せて「これ、大事なものなんじゃないの？」と勢いよくつき返してきた。廊下にゴミを落としたのは悪かったが、嫌みにもほどがある。

腹が立って耐えられずに来たが、本当は一秒でも相対していたくなかったのだろう。月城はものすごい速さで消えた。

赤彫はカレーを食べ終わり、水を飲んでから考え込む。不思議そうに尋ねてきた。

「あのクールな月城さんが、入学以来自分から誰かに話しかけるのをついぞ見たことのない月城さんが、わざわざ走って、お前にゴミを届けにきたのか？」

「あぁ……ゴミがゴミで学校汚してんじゃねぇよってことなんだろ……」

「まてまて。これ、なんかのパスワードに見えたりしない？」

「パスワードならだいたい英数字の組み合わせじゃないのか？　このままだとよくて小学生の計算練習帳だろ」

「お買物メモに見えたとか！」

「タワシを四つビキニを二着、皿を六枚買う高校生がどこにいるんだよ……」

「いや、だからなんかパッと見て勘違いしたんじゃねえかな。他意はないって」

それだけじゃない。一昨日など、俺は教室のベランダでひとりぼんやりしていただけなのに、わざわざ隣に来て冷たい空気を醸すものだから場所を移動せざるを得なくなった。これは、軽いいじめに該当すると思う。

俺には嫌われてると思う根拠が複数あるのだ。しかし、赤彫は食い下がる。

「入学したばっかなのに……お前のことも嫌うほど知らないだろ」

「それには理由がある」

「してその理由とは」

「月城碧は俺の幼馴染みなんだよ。俺が小四で引越すまではそこそこ仲が良かった」

「マジで？　そのわりに……その、ぜんぜん……親しくなさそうだけど……」

「いうて小四だぞ。そのあとの高学年と中学時代は完全に疎遠だったんだ。もう完全にお互い知らんやつだよ……」

しかも、月城は昔の面影なんてひとつもないような変貌を遂げている。

「でも……それでなんで嫌われるんだよ。身に覚えがあるのか？」

「俺にはわからんが……恨みがあるとか……それか俺が小学校四年までの昔のあいつを知ってるから、それが忌々《いまいま》しいとか」

「うーん。ぴんとこねえな」

「今朝は月城と下駄《げた》箱で鉢合わせして……あいつ、俺になんて言ったと思うか？」

俺の言葉に赤彫が少し息を呑《の》み、緊張感をみせた。

「なんて……？」

「おはよう」

「ただの挨拶じゃねえかよ……」

「……よくもおめおめと目覚めたな、二度と目覚めないようにしてやる、という意味だ。こわい」

「アホか」

「なんで月城が俺に挨拶するんだよ！　ほかに挨拶する対象はたくさんいるだろうがよ！」

「挨拶くらい好きにさせてやれよ！」

「あれは威嚇だ！」

「お前は病気だ！」

赤彫と睨《にら》み合う。

しばらくして赤彫が気の抜けたため息を吐《つ》いた。

「月城さんは普通に旧交を温めようとしてんだろ。考え過ぎだよ」

「はは……赤彫、お前は心が綺麗《きれい》だな。女という生き物はそんなもんじゃないよ」

高校の入学式の日、うっかり最初に仲良くなってしまったこいつは異様に女にモテるイケメンであった。放課後にはよく、赤彫を中心として周りに女子が配置された通称レッドサークルが形成され、いつも力いっぱいチヤホヤされている。

「お前はよく女子に囲まれて優しくされて、やれ遊びにいこうだのなんだの誘われて行ってるだろ。そういうやつには表層しかわからんのだよ」

「え、そんなの大したことじゃねえし……ていうかたまにはお前も一緒に来いよ」

「は？　とんでもないこと言うなよ。お前誘ってんのに俺が来たらやつらだって嫌だろ」

「んなことねぇって……お前結構人気あると思うけどなぁ……」

「んなわけないだろ……」

俺はコップの水を飲み、深いため息を吐いた。

「赤彫、女というものは男を『素敵なイケメン』と『ゴミ』に瞬時に分別する能力を持っていて、ゴミにはもれなく不快を伝えてくる。たとえ即刻伝えない分別が多少あったとしてもやはり内面は同じだ。やつらは女に生まれた時点ですでに男より上の位置にいて、男を馬鹿にする権利を持っていると思っていて、少しでも接触や関わりがあると不快感を表明してくる生き物だ」

器量のいい子も平凡な子も、陰キャも陽キャも優等生も劣等生も、運動音痴もバスケ部も、卓球部も吹奏楽部も演劇部も、同級生も先輩も女教師も、女はみんな、ひとり残らず邪悪である。これが俺の揺るぎない持論だ。

「お前女子には本当に無愛想《ぶあいそう》ってか……口をきこうともしないと思ったら、女性不信だったんだな……偏見が酷過ぎる」

「俺は女という生物の本性を知ってるだけだ」

「はー……お前男とは割合誰とでも仲良くなるのにな……この間も入学してからほぼ無言の男の川端《かわばた》と話してたろ」

「世の中そんなに悪いやつはいないもんだよ。ちょっと拗《こじ》らせてるやつとかもいるけどさ、話してみればみんな結構いいやつだし面白いやつも多い」

「お前のその矛盾した人間性は一体どこから来てるんだよ……」

赤彫《あかほり》が再度目を細めて呆《あき》れたようなため息を吐いた。

俺が激しい女性不信に陥ったのは小学校六年のころのある出来事に起因する。

当時の俺は女も男も同じ人間族として、いっしょくたに認識していた。無垢《むく》で平和に生きていたのだ。

それは放課後の教室でのことだった。

クラスの女子のほぼ全員がゆるい円陣になって集い、どうやら好きな男子について話しているようだった。「上田《うえだ》は？」「いいよねぇ」「卒業前に言う？」などとイケメンについてほんのりした空気感で話していた。

「エミちゃんは、末久根？」

唐突に自分の名前が出たので、少し開いた扉にかけた手が止まった。

そんなことを聞かれたエミちゃんこと山田《やまだ》は最初こそ「えー」などと言って濁していたが、扉付近の俺に気づきハッと驚愕《きょうがく》の顔を浮かべたあと、かん高い声でのたまった。

「そんなわけないじゃん！　キモい！」

当時、クラスの女子の間で「キモい」というワードは流行《はや》っていて、彼女たちは何かにつけて「キモい」を連呼していた。虫が出れば「キモい」はもちろんとして、男性教師にも何かにつけて「キモい」と言い、末には給食の揚げパンも「キモい」と言われていた。

しかし、同級生同士では言わない。当たり前だ。正当な理由なき生理的嫌悪《けんお》を伝えるそれは、少しでも敬意があれば発言されない。また、同級生相手だとあまり冗談にならないのだ。実際同級生で言われたことのあるやつは、人に虫を投げつけたり、女子所有のシャーペンを舐《な》めまわしたりするような罪人か変態だけだった。

しかし、山田の視線から複数の女子が俺に気づき、びっくりした顔をしてから一斉にキャーと叫んだあと「キモい」の大合唱が始まった。

キモいキモいキモいキモいキモい。キモいキモいキモいキモいキモいキモいキモいキモいキモいキモいキモいキモいキモいキモいキモいキモいキモいキモいキモい。

まるで、海辺にたむろする鳥のようだった。

これは、キモい鳥だ。

キモい鳥が儀式をしている。複数で呪文を唱えて俺を消そうとしている。

その異様な叫びを上げている女子たちは興奮していて、どこか楽しそうでさえあった。

俺は教室にランドセルを取りにいきたかったが、あまりのことにそのまま帰宅した。

山田はたまたま話題にされていた俺が来たから、恥ずかしくなってその単語を出してしまったのかもしれない。ほかの女子も、その状況に興奮していたから「ヤバい」だとか「嫌だ」の類語として流行っている「キモい」を叫んだだけなのかもしれない。

そう思おうとした。

でも、本当にそうなんだろうか。

洗面所に行って、鏡を覗《のぞ》き込む。

自分の顔というのは客観的に判断するのが極めて難しい。

今まで、普通だとばかり思っていたが、もしかしたら俺の顔はものすごく醜悪なのかもしれない。そんな疑念が湧いてきた。

そう思ってみると、女子のちょっと不可解な言動だとか、そんなのがみんなそこに起因していたように思えてくる。

そういえば俺が保健委員だったとき、教師に言われてお腹《なか》が痛くなった女子を保健室に連れていこうとしたら拒否されたことがあった。「女子がいい」と言って頑《かたく》なに拒否された。

あれは俺が醜かったからじゃないのか。

そういえば朝一番で教室に着いて、次に来た女子と二人で話していたら、ほかの女子が来た途端、ものすごい速さでそちらに行って、話していたのを隠されたこともあった。

あれは醜い俺と話していたのを人に知られたくなかったからじゃないのか。

そういえば、買い物をしたときにコンビニのお姉さんが俺を見てふっと笑ったことがあった。あれはうまい棒をたくさん買ったからだと思っていたけれど、俺の顔を笑ったんじゃないか。

そういえば。

あれも、これも。どんどんと疑惑が浮かんでくる。

醜くても、今までは、はっきり教えてくるやつがいなかっただけじゃないのか。

そう思うと、全ての出来事の解釈がそちらにシフトして、かっちりと嵌まっていく。

もしかしたら、ほかの人なら笑い飛ばす程度のことだったのかもしれない。

けれど、成長と共にちょうど芽生え始めた自意識とおり悪くバッティングしたその事件は、俺にとって、世界の認識を変えるには十分だった。

俺は気づいてしまった。

どうやら俺はキモかったらしい。

そのことを初めて知った。

だが、同時に思った。

それがなんだというんだ。一体お前らになんの不都合があるんだ。生まれ持ったそれを勝手に笑う女という生き物は、さらに醜悪ではないのか。

俺は近所にあった私立の男子中学へ通わせてもらうことにした。

女子と関わらずに過ごした中学時代はとても楽しく平和だった。

しかし、付属の男子高校が生徒数の減少により廃校になり、学力、距離を鑑《かんが》みて親が許可した進学先であるこの高校は、悲惨なことに共学だった。結局俺は三年の時を経て再び、恐ろしき女子たちの跋扈《ばっこ》する空間へと引き戻されることとなったのだ。

そして関わりから逃避したままブランクができ、その間にも凝り固まった女性への不信感はすっかり肥大化していた。ほとんどの男子にとって、女子は性別が違うだけで同じ人間だろうけれど、俺にとっては違う。小学生時代から『女度』をさらにグレードアップさせている女子高生は、もはや得体の知れないモンスターのようにしか感じられない。とにかく関わりたくなかった。

中でも俺は月城碧《つきしろあおい》が苦手だった。

かつて仲の良い幼馴染《おさななじ》みだった月城碧は、少し引っ込み思案な優しい子だった。

俺の中で、あのころの彼女だけは忌避すべき『女子』とは違う生き物だったのだ。

それが再会したときにはすっかり、冴《さ》えない男を見下す嫌な女子筆頭になっていた。

俺は、幼少時の月城碧をよすがとして心の奥底に残していた『女性を信用する心』を、変わり果てたその姿によってさらに打ち砕かれたのだ。

＊　＊

五月半ばのその日は激しい夕立が降っていた。

どしゃどしゃどしゃ。教室の窓を閉めていても音に囲まれている。

傘を忘れてきた俺は、ひとり教室に残って雨足が弱まるのを待っているうちにウトウトしていた。

俺は帰宅するといつも映画を観《み》ているため夜更《よふ》かしが多く、しかし授業は一応まじめに受けているので、放課後に一気に緊張が緩和されて眠気がくる。

映画を観るのは、小六のトラウマ生誕の日から続いている、俺のひとつの習慣であった。

そのころの俺はとにかく異性の目が気になって仕方がなかった。休日に外出先で同級生女子が遠くに見えたらものすごい速さで身を隠していたし、コンビニ店員が女性だと買えずに帰ったりもしていた。

自分が異性からどう見えているのか。ものすごく醜悪ではないのか。そんな疑念に取り憑《つ》かれて、自意識のループから抜け出せずにいた。

俺はもともとは家の中に趣味を持たず、外で体を動かして遊んでばかりの子どもであったが、家に籠りがちになった。そんなとき、たまたまテレビでやっていた『バック・トゥ・ザ・フューチャー』を観て、初めてフィクションというものの面白さに触れた。

フィクションは面白かった。もし入口が漫画や小説ならそちらにハマっていたのかもしれない。そして、観ている間は自分のことを綺麗《きれい》に忘れていることに気がついた。

観終わったあとはネットで製作秘話や考察を漁《あさ》るように見て、今度は同監督の他作品へ手を伸ばし、どんどん広がっていく。

何も楽しいことがなく、心を動かすこともなくゲンナリと怯《おび》え暮らしていた俺は、そのとき久しぶりにわくわくする『楽しい』という感覚を取り戻したのだ。

楽しいこと、夢中になれることを得た俺はそこから少し元気になれた。

昨晩は『十二人の怒れる男』を観たあとそのまま『12人の優しい日本人』を観た。

そしていつものように、タイトルと調べた情報と自分の感想をノートにみっしり書き留めた。眠気が限界に来て倒れるように寝落ちしたのが午前三時。

激しい雨音は心地よい閉塞感を生み、俺はすっかり場所を忘れ、惰眠を貪っていた。

浅い眠りの中、ふっと影が差すような人の気配を感じた。

目を開けたとき、目の前に月城のやたら整った顔があった。

それは、視界に入った一秒後にはびっくりしたようなものに変わり、ぱっと消えた。

視界からは消えたが「きゃっ」と声が聞こえた直後、ガタガタッと机が動く音、それから机の脚が床を擦るような、キィッという音が響く。

そちらを見ると真っ赤な顔の月城碧がいた。

どうやら後退《あとずさ》ってバランスを崩したのか、後ろ手で机に手をつき、怒ったようにこちらを見ている。

そして、一瞬あとには体勢を持ち直し、教室の扉に向かって勢いよく走り出す。

途中机にぶつかったらしく「いたいっ！」と小さな声を上げた。

啞然《あぜん》として見ているとあっという間に姿は消えた。

一体なんだったんだ……。

立ち上がりそっと廊下に出ると、教室の壁を背にして月城がひっそりとまだそこにいた。

「ひッ」

大きく出かかった悲鳴を吞《の》み込んだ。心臓に悪いことをするのはやめてほしい。

「末久根《すくね》」

月城は小さな頼りない声で呼びかけてくる。声質なんだろうが、息の混じったような湿度がある。ハスキーにも聞こえるが不思議と甘さもある声だ。

「あたしのこと……てる？」

よく聞き取れなかったけれど、知っているかを聞かれたのだろう。妙な質問だと思ったけれど、攻撃的な感じでもなかったので答えた。

「し、知ってるも何も……クラスメイトだし……小四まではよく……」

月城は一瞬きょとんとしたが、それから口元をほんの少し緩ませた。

「……覚えてるんだ」

「さすがに忘れるような年齢じゃなかっただろ」

「あたし、懐《なつ》かしくて……なんとなく見てたんだよね」

「…………」

「本当になんとなく、見てたら……どんどん気になっちゃって……」

月城はそれから何度か、顔を上げて口を開こうとしてはうつむく、というのを繰り返していたが、三セット目くらいでぱっと声を上げた。

「末久根！」

「はいっ」

「あたしと、付き合ってもらえない？」

「…………はい？」

月城は言ってすぐにうつむいていたが、俺が黙っているのを不審に思ったのか再び顔を上げる。

正面から目が合ったが、少しも動くことはできず、俺は完全にフリーズしていた。

まったく予想もしていなかった展開に心の中は、なんで？　何がどうなって？　理由は？　といった疑問符で埋め尽くされていたが、パニクり過ぎてひとつも言葉にならない。

なんでもいいから何かしゃべらなくては。

そう思った俺は、告白を受けた人間が返す常套句《じょうとうく》を脳内で検索して、そこからひとつ無造作につまみ上げ、告げた。

「……と、友達からなら」

月城は口元を隠すようにして小さくこくりと頷《うなず》いて背を向ける。

そのままあっけなく、すっと去っていった。

しばらくぼうぜんとしていたが、我に返り廊下の先を覗《のぞ》く。

もう誰もいなかった。

雨の音は気づくとなくなっていて、教室にはカーテン越しに夕方の光が射していた。

静かになった廊下にひとり取り残される。

今のはなんだったんだろう。白昼夢みたいな出来事だった。

その場をやり過ごすために適当な返事をしてしまったけれど、よく考えたら「友達からなら」は断り文句だ。びっくりし過ぎてよく考えずに月城を振ってしまった。

しかし、俺が月城碧を振ったなんて、誰に言ってもたぶん信じない。

俺だってまだ信じていない。

ぼんやりと、小学校時代の月城を思い出す。

彼女は気が小さくて、人にはっきりモノを言うのが苦手な子だった。何かあるとすぐにいなくなって、捜しにいくと大抵ひとりで泣いている、そんな子。

現在の、クールで全方向にそっけない彼女とはまったく一致しない。

いつまで経《た》ってもリアリティが湧いてこなかったので、帰りの通学路では本当に夢を見ていたような気がしていた。

どこかモヤモヤした気持ちのまま、自宅の玄関の扉を開ける。

居間のほうが少しだけ騒がしい。両親が珍しく早く帰っているようだ。

扉を開けると、ダイニングテーブルにさっき振ったばかりの月城碧が座っていた。

「ぎゃー！」

思わず悲鳴を上げて、その場にへたり込んだ。

腰を抜かしている俺を他所《よそ》に、母親が呑気《のんき》な声で告げる。

「おかえりー、悠《ゆう》。碧ちゃん、今日からしばらくうちで暮らすから」

「…………はい？」

わが家と月城《つきしろ》家はもともと同じ会社の社宅にいて親同士も仲が良かった。しかし、父が社宅の隣駅に家を買い、月城碧《あおい》とは小四から学区が離れた。

けれど、親同士の付き合いは続いていたようで、このたび碧の父親が海外赴任になったので今日から預かりがてら一緒に住むことになったということだった。

同級生が来るというのは少し前に雑な母に雑に説明されて聞き流していたが、常識的に考えて男だと思っていた。

そしてついさっき放課後の教室で月城が最初に問うた「あたしのこと……てる?」は、もしかしたら「知ってる?」ではなく同居のことを「聞いてる?」だったのかもしれないと思い当たった。

硬直していると、母が呑気な声で聞いてくる。

「悠は碧ちゃんと小さいころはよく一緒に遊んでたわよねえ。今は同じクラスなんですって~? 仲良くしてる?」

「はは……」

乾いた笑いしか出ない俺とは対照的に、月城はしれっとした顔で「さっき改めて友達になりました」と答えた。

「……俺、部屋戻るわ」

気まず過ぎるのでさっさと退室をきめこむことにした。

階段を上がると、俺の部屋の隣の物置きだった部屋の扉が開いていて、ベッドや段ボールがいくつか置かれていた。

そのまま通り過ぎ自室の扉を閉め、ベッドに沈んで深いため息を吐《つ》いた。

同居だけでも十分気まずいというのに……俺はさっきうっかり月城を振っている。

目も当てられない酷《ひど》い関係性で同居は開始されることとなった。

だいたい、どんな魂胆があってこんなタイミングで告白なんてしたんだよ……。

もはやそれ自体が嫌がらせに感じられる。

しかしどちらにせよ振ったのだからおそらく避けてくるだろう。同じ家でも、なるべく関わらないようにすればいい。それがお互いのためだ。

くたびれた息を吐いていると、コンコンとノックの音が響いた。

「末久根、ちょっといい？」

「ヒッ」

予期せぬ来訪者に心臓が跳ねる。自室という安全空間に逃げ込んで完全に油断していた。

月城が来た。追ってきた。心拍が完全にホラーなものが来たときのそれだった。

おそるおそる扉を開ける。

そこにいた月城は思いのほか困ったような顔をしていた。

「もしかして、あたしが来ること聞いてなかった？」

「いや、ウスラボンヤリとは聞いていた……」

「でも、聡子《さとこ》さん、あたしだって言ってなかったみたい……」

「あ、ああ……そこまでは」

月城はそのまましばらく黙っていたけれど、やがて口を開いて小声で言った。

「……嫌だったりする？」

月城は顔を近づけて覗き込むようにして聞いてくる。

至近距離で見ると、本当に目がでかい。瞳の虹彩《こうさい》まで美しく整っている。その目に覗き込まれると吸収されて消えるような危機感を覚え、背中に滝のような汗をかいた。

「……んなことは……ないけど……」

「……ふうん」

月城は顔を離すと一歩下がり、そっぽを向いて小さな声でぽつりとこぼした。

「あたしは……嬉《うれ》しい」

「えっ」

「友達になるって、言ったよね」

「あ、ああ……」

頷きながらも軽くビビる。その言質《げんち》を取って、一体何をさせるつもりなんだ……。

月城はそっぽを向いたまま、小さな声でぼそりと続ける。

「じゃあもう一度、小四のころみたいに……これからまた、よろしくね」

「ああ、よろしく……」

心にもない言葉を返した俺は、扉を閉じてからまた大きなため息を吐いた。

＊　＊

俺は昨日起きた一連の白昼夢を極力思い出さないようにしながら起床し、気にしないようにしながら歯を磨き、忘れようとしながらリビングに入った。

「おはよ」

白昼夢は終わっていなかった。

食卓ではクラスメイトの美少女が紅茶を飲みながら玉子サンドを食べていた。

リビングで点《つ》きっぱなしのテレビによると今日は一日晴れ模様。気温は昼にかけて急速に上がっていくらしい。俺の気まずさゲージも朝一番でマックスまで急上昇した。

テーブルにぞんざいに置いてあった朝食の玉子サンドを立ったまま口に詰め込むと「じゃあ」と言って足早に玄関へ向かった。

靴を履いていると背後から急いだ足音がして「待って」と言われ振り返る。

普段教室でしか見ないクールで冷たい女子高生が、威風堂々とそこにいた。

月城はどこかけだるげで、不機嫌にも見える大人びた雰囲気を醸《かも》しながら口を開く。

冷たい罵詈雑言《ばりぞうごん》でもくらうのだろうか。そう思って身構えた。

「あ、あたしたち友達だよね。一緒に行こう!」

「えっ」

言葉の終わりと共に月城の白くて細い指先がすっと鼻面《はなづら》近くに寄せられる。

思わず後退《あとずさ》りしたらネクタイを摑《つか》まれた。

「なっ、何を……」

朝一番で殺害されるかと身を固くしていると、この上なく雑に結んでいたネクタイを丁寧に直されている。顎の辺りに柔らかな髪の毛がわずかに触れてこそばゆかった。

そこからシャンプーの匂いがふわっとして、脳もムズ痒《がゆ》い。

「……できた」と息の混じる小声でつぶやいた月城の手が離れたので、ぱっと身を離した。

しかし「あ」と小さな声を上げた月城が再度手を振り上げたので、今度こそ殴られると思い身を固くした。

月城の柔らかで小さな手は、拳に変わることはなく、俺の口元についた卵のカケラをそっと優しく拭い、遠慮がちに引っ込められた。

その唇はどこか満足そうに柔らかな弧を描く。

「あ……ごめん」

おまけに、気がついたようにぶわっと赤面しながら謝られて、なおいっそう困惑。

逃げるように、早足に玄関を出た。

しかし、そのまま歩いていると斜め後ろ辺りに月城がいる気配があった。

そういえばさっき、友達だから一緒に行こうと言われていた。てっきり振ったことになったと思っていたが、本当に友達関係が始まっている気がしなくもない。

しかし、普通あの流れでこうなるだろうか。

おまけに彼女の家での態度は、教室で見るクールな月城像とも何か違う気がする。

色々と、釈然としないことが多すぎる。

通学路は徒歩十五分。

いつもの見慣れた道のりは、斜め後ろの気配と無言の気まずさで長く感じられた。

壊れている自転車を直せば五分程度だが、歩けばいいと今まで放置していた。こんなことになるなら直しておけばよかった。

もくもくと歩くこと十五分。

校門の少し手前で赤彫《あかほり》の後ろ頭をみつけたのでぐるんと振り返る。

「ジャジャじゃあッ！」と怪獣の雄叫《おたけ》びみたいな言葉を月城にぶつけ、逃げ去った。


「よう末久根《すくね》。朝から景気悪い顔してどうしたんだよ」

どうも俺の景気悪さは顔面に出ていたらしい。大不況にもほどがあるので仕方ない。

そのまま赤彫と一緒に教室に入り、ベランダに出た。

「どうも、あの月城と友達になることになった……ような気がするんだよな……」

小声で打ち明ける。どんな魂胆があるのかはわからないが、その可能性が極めて高い。

「どうしたらいいんだ……」

「え、てことはやっぱり月城さんは末久根と旧交を温めたかったんだな。おれの言った通りだったか！　なんだなんだ。よかったじゃねえか！」

「まったくよくねえよ……無理だ……」

「なんでだよ。確かに月城さんはクールで無愛想だけど……友達になれないなんてことないだろ」

「俺は月城じゃなくても、女とは友達になれない」

「なんでだよ」

「マトモに話せないんだ」

「緊張して？」

「それもだいぶあるが、もう少し……根本的な信用できなさだな」

その気持ちは説明しにくい。たとえて言うなら……。

すっと道路を指差して、見知らぬサラリーマンのおっさんを示す。

「そうだな。たとえば、お前は今からあそこにいるサラリーマンのおっさんと会うことになった。話をして親しくならなければならない。普通にできるか？」

「うん？　まぁ、向こうが嫌じゃなくて、やれと言われれば」

「ただし、あのおっさんは詐欺を生業《なりわい》としていて、身のまわりから手当たり次第、総額一千万奪っていることをお前のほうは知っているとする」

「そりゃちょっと話変わってくるな……」

「わかってくれるか……！」

「いや、わかるけどわからねえよ……なんで性別女子が全員詐欺師になってんだよ」

「ハー……お前はモテるからわからんのだなー。まぁいいよいいよ」

「なにお前が標準みたいな空気出してんだよ……！　異常なのはお前のほうだからな！」

女子は何を考えているのかわからない。俺にとっては詐欺師と変わらない。

月城《つきしろ》も女だ。そんなのとは友達になるのも無理だ。

だから結局、なるべく避けることにした。

＊　　＊

早々に友達になるのを断念した俺は月城を避けることにした。

避けるというか、俺なりに適切な距離感を作ろうとした。

無視や嫌がらせをするわけではないし、もちろん家から追い出すこともしない。同居にあたってはしっかりと気を遣う。しかし教室でも自宅でも必要以上に近づかない。そんな距離感が理想的だと思った。

次の日の俺は早すぎる時間に隠密《おんみつ》のように家を抜け出して登校した。

途中コンビニに寄り、読んだことのないマンガ雑誌をパラパラと立ち読みして時間をつぶし、公園のベンチでスマホのアプリゲームのデイリークエストを消化。それから、ぐるっと遠まわりして校門をくぐり、時間調整をした。

少しだけ心配していたが、月城は教室では近寄ってこなかった。彼女は相変わらず男子にも女子にも無愛想で、話しかけられても興味なさそうに一言、二言を返すだけで、いつも通りのクールな顔をしていた。

放課後はたまたま残っていたアイドルマニアの虻川《あぶかわ》とくだらない話をアホほどしてゲラゲラ笑い、そのままゲーセンに寄って帰宅。そのころには夕飯は終わっていて、自分の分をひっそりと温め直して食べた。超高速でシャワーを浴びて、部屋に籠る。

すぐ隣の部屋に女子がいる。それだけで謎の圧迫感がある。俺は今のこの緊張状態から逃避するため、映画を観《み》た。

コメディ寄りのエンタメが俺は好きだが、ジャンルは雑食。だいたいなんでも観るが、例外として日本の高校が舞台のものだけは観ない。観ているときに自分の現実を思い出すようなものは好ましくない。やたらと強くてワイルドなシャーロック・ホームズの映画に没頭して寝落ちした。

結果、その日は月城とほぼ顔を合わせることがなかった。

俺は朝早く家を出て、遅くに帰宅することで適切な距離感を作ることに見事成功した。

トイレに行こうとしたおり、隣に位置する月城の部屋の扉が開閉する音が聞こえて、排尿をしばしの間我慢することはあったが不便はそれくらいだった。

これなら、わりと大丈夫かもしれない。

同居三日目の朝。

わが家の水曜は母の仕事が午後からのため、弁当がある。だからあまり早くは出れない。

それでも、できあがった直後にさっと奪取してすみやかに登校した。

教室に入り、鞄《かばん》から教科書を出そうとしたときに気づいた。

朝、慌てて家を出たせいか弁当箱を間違えて持ってきてしまった。

月城はいつも教室でつまらなそうな顔でシリアルバーを食べていることが多かったけれど、同居後は月城の分も同じものを俺の母親が作ることになっていたらしい。中身は同じとはいえ、弁当箱の大きさとデザインが違い過ぎる。

早くも理想的な距離感に危機が訪れた。なんとか交換せねばならない。

教室の窓際付近の席にいる月城を見た。静かに文庫本を読んでいるようだった。

月城は俺の視線に気づいてもいない。困った俺はノートの端を破り『弁当箱を交換したい。二限終わりに屋上に行く階段前へ』としたためた。ぐしゃりと丸めたそれを通りすがりに月城の机の上に転がしてきた。

気になって振り返りチラ見すると、月城は俺のぐしゃぐしゃメモを広げて見ていた。

二限の終了後。月城は俺の弁当箱を膝に、階段の下段に座って待っていた。

もともと黙っていると通常時でも不機嫌に見える美人だったけれど、今回は俺の失態があるので素直に不機嫌に見えた。

「すまん！　間違えて悪かった！」

月城は黙って自分の弁当箱を受け取り、俺の弁当を鷹揚《おうよう》な仕草で差し出した。

「末久根、あのさ……」

「じゃあ！」

交換を終えると俺はすばやくシュバッと立ち去った。

危機はあったものの、つつがなく昼飯にありついて、放課後になった。今日は両親とも帰りが遅くなる。夕飯はない日だった。

俺はその日も、アイドルマニアの虻川と、アニオタの藪雨《やぶさめ》も加わり、年甲斐《としがい》もなく駄菓子屋に寄った。

そしてたっぷりふざけて腹筋が痛くなるほど笑ってから解散した。

夕方の街の色が夜に変わるころ。

帰り道の途中にある公園で、見覚えのある制服姿がぽつんとブランコに座っているのが目に入る。びっくりして一瞬足を止めた。

まだ帰ってなかったのか……。

公園を横目で見ながらゆっくり通り過ぎた。

しばらく行ったところで頭上でカラスがカァと鳴いて、なんとなくまた足を止める。

季節的にまったく寒くはなかったが、辺りはどんどん暗くなってきていた。

空は雲が厚く、生ぬるい風が吹いていた。

また、どこかでカラスが鳴いたけれど、姿は見えなかった。

あまり車の通らない道だったけれど、脇を車が三台通り過ぎる。

さらに猫が一匹のろのろと目の前の道を通り過ぎたあと、俺は取って返し、公園に足を踏み入れた。

「月城」

ぼんやりとうつむいていた月城が顔を上げた。

「あれ、通ったの？　気づかなかった」

「こんなところで、何を……」

「鍵を家に忘れちゃったから、待ってた」

月城の意外な言葉にびっくりした。授業が終わってからどれくらいで月城が教室を出たのかは知らない。でも、ゆうに三時間は経《た》っている。その間ずっとここにいたのだろうか。

「それなら先に言ってくれれば、もっと早く帰ったのに……」

月城は「んー」と小さな声を出してから、数秒黙った。

それから、ごく小さな声で言う。

「……声、かけられたくなさそうだったし」

「それは……」

その通りだった。避けていたのは俺だ。

月城の台詞は教室でこぼれ聞くような、ごくそっけない感じだったけれど、声音は素直に落ち込んだものだった。表情も最初の日と比べると、だいぶ陰りがある。おそらく、俺がそうさせた。

数秒、沈黙が流れた。

俺はカラカラに渇き切った口の中の、少ない唾液を嚥下《えんげ》してようやく口を開いた。

「友達……」

「えっ」

黙ってうつむいていた月城が顔を上げた。

「俺たち、友達だし、一緒に帰ろう」

月城がわずかに目を見開いた。

「……うん！」

月城が、彼女にしては元気な声を出して立ち上がった。彼女が降りた勢いでブランコがキイと音を立てて揺れる。

先日の朝よりは少し近い距離で俺と月城は歩き出した。

「あたし、末久根《すくね》と付き合ってみたかったんだけど……」

「あ、あぁ」

そこがまずわからないんだけど……。

「でも、あのとき友達からって言われて、ちょっと嬉《うれ》しかったんだ」

「え……そうなの？」

「それってあたしのこと、女子としての見た目や評判とかの、いわゆるスペックではなく、人間としてもっと知ってからってことでしょ」

「……えっ」

月城の言ったのは耳に痛い言葉だった。

実際は、俺は月城が女子だというだけで避けようとしていた。

俺は月城に嫌なことは何もされていない。月城《つきしろ》の俺に対する態度は攻撃的なものでも、無関心なものでもなかった。友好的でさえあった。結局、怖かったのだ。いくら愛想《あいそ》良くされても心の奥底はわからない。俺は月城を信用して嫌な思いをしないよう、先に遠ざけようとしていた。

「それにあたし、友達にもなりたかったんだよね」

「……え、なんで」

「末久根、いつも友達と楽しそうにしてるから」

確かに、友達と話すのは楽しい。いろんなやつがいるから、違いが面白くて話すうちに友達になっていることも多い。

でも、女子である月城のことを同じように友達と思えるかはまた別だ。

「だから、あの……付き合いたいとか、急に言っちゃったけど……あまり気にしないで友達してくれたら、嬉しい」

「……うん」

正直なところ俺は今現在、月城を友達とはまったく思えていない。

でも、はなから拒絶するのはやめようと思った。もう少し前向きな関わりを検討する。

「あ、今日夕飯ないんだっけ……。コンビニ寄ってくか」

横を見て確認すると、月城は嬉しそうに笑ってこくりと頷《うなず》いた。

きちんと友達はできないまでも、避けたりはせず、表面だけでも友達の振りをする。

そう決めて意識して歩くが、月城の持つ色気というか、異性感の強さが邪魔をして、その感覚がどうにもしっくりこない。

コンビニに入り早々に買物をすませた俺は、雑誌のコーナーで暇をつぶし心を落ち着けようとそちらに移動した。

ティーンズ向けの女性ファッション雑誌が目に入る。

『制服コーデ、大特集！』とポップな字の躍る表紙には、うちの高校とは違う制服を着て微笑《ほほえ》む月城碧《あおい》の姿がデカデカとあった。

俺は普段は決して正面から見ない月城の顔面を凝視して、背中に変な汗をかいた。

これが、俺の友達……？

なんだろう。俺の知っている友達と違いすぎる……。

俺の友達は大抵股間になんかぶら下げてるし、脚には毛がボウボウ生えていたりもする。

こんなにツルツルでツヤツヤで華奢《きゃしゃ》でもないし、こんな雑誌にも載ってない……。

しばらく突っ立って眺めてると本人が背後にいた。

また「ヒッ」と息を呑《の》む。

俺は前門の平面月城と後門の立体月城に挟まれていた。

「……見た?」

嫌なところを本人にバッチリ見られた。

教室での態度を見ると、月城はクラスメイトに自分が出てるものをあまり見られたくない傾向が観測される。そう思うと微妙に後ろめたい。

しかし見ていたのは紛れもない事実。腹を括《くく》り深く頷いた。

こちらをじっと見つめていた月城が照れたような表情で口を開く。

「ど、どう思う?」

「えっ……何がだ?」

「えと……その、いいか悪いかで言ったら」

「………………いいと思います」

半ば言わされた感はあったが、月城は口元を手で隠してこくりと頷いた。

誰もいない自宅に帰ってきた。鍵を取り出して玄関を開ける。

「あの……待たせて本当にすまなかった」

「ううん。あたしが鍵忘れたのがいけないんだし」

そう答えた月城はどこか上機嫌で、気にしてなそうだったのでホッとした。

ダイニングテーブルでコンビニで買ってきた弁当を食べた。

月城は正面で、シリアルバーを一本だけ食べていた。

「そんなんで足りんの……？」

「うん。なんか選ぶの面倒くさいし……」

俺は竜田揚げ弁当にしていた。特別グルメでもないので、たまに食べるコンビニ弁当は
それはそれで嬉しい。わりと張り切って選ぶ。

「でも、末久根見てたら、今度はお弁当にしてもいいかもと思った……」

「そうか……」

特に弾むような会話もなく食べ終わり、部屋に戻ろうと立ち上がると声をかけられた。

「待って」

月城はポケットからスマホを出した。

「連絡先……いい？」

もちろん俺のスマホには性別女性の番号は母親しか登録されていない。

精神に無駄な緊張が迸《ほとばし》る。

「こ、こういうとき、少し不便だし……」

「あ、なるほど……そ、そうだな」

急ぐように付け足された言葉に納得した。これはあくまで非常用だ。

「なんか困ったことがあったら……遠慮なく連絡してくれ」

今日みたいなことがまたあると俺も責任を感じる。非常用なんだから余計なことは考えなくていい。非常用だから。

しなくてもいいような言い訳を脳内に転がしながら、俺は月城碧と連絡先を交換した。


月城と非常用の連絡先を交換した翌日の放課後。

虻川《あぶかわ》の兄貴が営むインドカレー屋に寄っていこうかと話していたところ、ポケットのスマホが震える。話の途中で笑いながら取り出して目を疑った。

発信元は月城碧。

『今校門出たとこ。一緒に帰れる？』

という、そっけないくらい短い文章が表示されていた。

「……すまん。俺、急用ができた。カレーはまた今度」

俺は前日の罪悪感も手伝い、すみやかにカレーを断り、廊下を猛烈な勢いで走った。

校門を出て、少し行ったところに月城はいた。

「すごい、走ってきたね」

「うん……何か用があったんだろ？」

「え……」

月城がびっくりした顔で固まった。

「いや、また鍵忘れたとか、なんかあったのかと」

非常用の連絡先に連絡を入れるのだから、何か困ったことがあったのかと思ったのだ。

月城は目線を地面に逸《そ》らして口元を少し困ったように歪《ゆが》めた。それから決まりが悪そうにボソボソと言う。

「末久根とさ……」

「……うん」

「……一緒に帰りたかった」

「…………………うん」

それしか返す言葉はなかった。少し、脱力した。

「まずかった？」

「いや、そんなことは……ない」

月城と一緒に帰った。

＊　＊

「月城さんと……一緒に暮らしてる⁉」

「……赤彫《あかほり》、声がでけえよ」

月城との同居が始まっておおよそ半月が経過した六月初頭。いまさらだが、赤彫に言える程度には俺の精神は安定してきていた。

「すげえな。青春ど真ん中だな。ラッキースケベは？」

「ない」

「なんでだよ」

「それは俺が、いやらしい目で見ていると思われないように全力を尽くしているからだ！」

俺は性欲の類《たぐい》が消失している人間ではないが、立派に女性不信だった。

たとえば胸の谷間をババンと露出している女性がいると「あの人、私の胸をスケベな視線でジロジロ見てる！」とうっかり思われるんじゃないかと怯《おび》える感覚を持っているため、だいたい過剰に視線を逸らしがちだ。

月城《つきしろ》は制服の第一ボタンを開けているし、部屋着も脚がむき出しのショートパンツや襟ぐりの開いた服が多いので、なおさらそちらに視線をやらないようにしている。

なお、見たくないわけではない。それ以上に自意識を守っている。


現在における俺と月城の同居生活。

朝は出る時間がかぶっているので校門の少し手前まで一緒に歩いている。会話は少し。主に天気模様など。校門をくぐってからは基本、話はしない。

俺はそもそも女子と話さないし、月城もクラスメイトと談笑したりはしない。

帰りは別のことが多いが、週に一度くらい、思い出したかのように誘われる。

夕飯は水曜日以外は家族と月城と一緒に食べている。水曜は基本別だ。

食事のあとは風呂《ふろ》に入り、俺は日課の映画を観《み》る。昨日は『少林寺木人拳』を観た。その時間月城が何をしているのかは知らないが、彼女もおそらく部屋に籠っている。

月城はあまり長湯をしないらしく、いつ風呂に入っているかも与り知らない。

以上。

思ったより当たり障《さわ》りなく平和に暮らせている。

そして今、月城は俺の隣の椅子で夕飯の味噌汁《みそしる》を飲んでいた。

「それでね、明日から行ってくるからね」

正面に座っていた母親の声が耳に入る。

「えっ、どこに?」

「前から言ってたでしょ。夫婦で旅行、西伊豆《にしいず》」

「旅行に行くのは聞いていたけど……日程も場所も聞いていなかったぞ」

「場所は今言ったわよ。日程は言い忘れてたー。明日の朝出て、日曜の夜には帰るから」

この母は毎度説明が本当に雑なのだ。その上、父は「ム……」とか「ウン」しかほぼ発しない寡黙男ときている。情報がしっかり入ってこない。

それにしたって、同級生女子が同居しているこの状況で行くの、どうなんだよ……。

月城を横目でちらりと見ると、それに気づいた母が笑顔で口を開く。

「ん? 大丈夫よね? 悠《ゆう》は女の子が苦手だから逆にあんぜ〜ん!」

「ゲフゲフン!」

味噌汁を噴きそうになった。いろんな意味で気まず過ぎるのでやめてほしい。

「碧《あおい》ちゃん、大丈夫?」

「はい。大丈夫です。楽しんできてください」

ちらりと月城を見る。漬物に箸を伸ばしていたが、俺と目が合うと、ふわりと笑った。

＊　＊

土曜日の朝早く。出かける格好の親に叩《たた》き起こされた。

「食事代はテーブルの上に置いたからね」

「あいよ」

「戸締りと火の元、しっかりしてね」

「ふぁい」

「行ってくるね」

「いってらっさい」

親が玄関を出たあと、食費が置いてあると聞いていたダイニングテーブルを見る。

いつもより額が多かった。二人分なのだろうか。

俺は食事代をしばし眺めたが、途中で思考を放棄して部屋に戻り二度寝した。

陽が高く上がったころに起きだして、キッチンに行きポットの麦茶を飲む。

扉のほうに人の気配を感じてビクッとした。

「末久根《すくね》。おはよ」

「……はよ」

誰だかもわかっているのに、同級生女子が自宅にいるのにはなかなか慣れない。

月城は部屋着ではあったが、髪の毛も寝癖ひとつなく、完全に起床していた。

「あたしもお茶もらえる？」

月城みたいなやつに言われると高飛車な命令に聞こえそうにもなるが、他人の家だとこういうのもまだ微妙に遠慮があるだろう。コップにお茶を注いで渡した。

「ありがとう」

月城はそれを受け取って、両手で麦茶をこくりと飲み、静かな部屋を見渡した。

「聡子《さとこ》さんたち、もう出たんだ。お見送りできなかったな……」

「べつに、しなくていいんでないか」

ウチの親とて人様の娘さんを叩き起こして見送らせるというのもしにくいだろう。

「あ、俺、今日どっか出てたほうがいい？」

「えっ、嫌だよ」

気を遣って聞いたが、食い気味に反対された。

「だ、だってほら……えっと、あたしひとりだと不用心じゃない？」

「そうかな……」

一軒家にひとりで一晩過ごすのと、クラスメイトの男と二人きりで一晩過ごすのはどちらが不用心なんだろうか。そう思わなくもない。

「……いてほしい」

月城が俺のシャツの裾をぎゅっと握って、懸命にこちらを見つめていたので、それ以上の主張はやめた。それに本当のところ、自分が女子と二人きりで過ごすプレッシャーからていよく逃げるために言い出した節《ふし》もあった。

そして気になっていたことに話を逸らした。

「そういや食費って、どうなってるんだ？」

「末久根さんちは遅い日も多くて夕飯用意できないときもあるから、そういうときは自分で出しなさいって言われてるし、その分はもらってる」

月城は、末久根家には食費込みで家賃を払っていると親から聞かされている。そしてそれとは別に、お小遣いを自分の通帳に振り込まれているらしい。えらくざっくりした金まわりだが、じゃあやはりこの場合は、俺ひとり分の食費でいいわけだ。

「でもなぁ……」

「ん？」

「いつもより食事代が多い気がするんだよな……」

ひとりならちょっと多いと思っても小遣いとして遠慮なくいただくが、人の分の食費だと思うとそうもしにくい。

「月城と半分に分けても……」

「あたしはあたしで親にもらってるから」

月城は俺の困惑顔を見て、ふっと表情を緩めた。

「そういうとこでしっかり悩むのが、末久根だよね……」

「えっ」

月城を見ると教室では見たことのないような顔で笑っていた。

「そしたら、夕飯、あたしが作ってもいい？」

「月城が？」

「うん。二人分材料買って、あたしが作る。それでちょうどよくない？」

「…………」

「なんか変？」

「……いや」

すごく変だと思った。何がちょうどいいのかもわからないし、あの月城が作るなんて、違和感しかない。しかし、断る理由は特になかった。

「じゃあ俺、買物行ってくる。何買えばいい？」

「あたしも行って選びたい。一緒に行こ」

一緒に……？

一瞬考えた。

「……わかった」

月城に何か言われるたびに、いちいち青少年的な思考が一瞬挟まる自分の脳がうらめしい。自分は悪い意味で、意識し過ぎなのだ。たまに母親の買物の荷物持ちに同行させられる。それと同じだろう。

「じゃあ決まり。その前に朝ご飯……昼ご飯かな？　食べていこ。お腹《なか》減っちゃった」

時間的には朝昼兼用となるだろう。月城は紅茶と食パンを一枚、俺は牛乳と食パンを二枚食べて簡単に腹ごしらえをすることにした。

月城が苺《いちご》ジャムをパンに塗りたくりながら話しかけてくる。

「末久根、映画好きなの？」

「え、なんで？」

「たまに友達に映画の話してるから……」

「一日一本観てるよ」

「それかなり観てるね……最近面白いの観た？」

「最近は……ジャッキー・チェン映画観てたらそのまま流れでサモ・ハン・キンポー映画にたどり着いたから、主演、監督作を交互に観てる」

「うん？　面白いんだ？　どんなの？」

「うん。その時代の香港《ホンコン》映画って、盗まれるからって理由とかで通しの脚本が存在しないことが多いんだって。その日撮る分だけ演者に渡される。それにアクション主体だからどんどんその場のテンションで使えるもの使って動いている感じとかが加わって、なんかこう異様にライブ感があって楽しいんだよ。あとジャッキーの映画はだいたいエンドロールに撮影のNGシーンがあるんだけど、今だとCG使ってやるような危険な撮影もガチンコで本人がやってたりするのもすげえし、実際体も撮影でついた傷だらけなんだよ！　あとサモハンの映画はたまに主役クラスのキャラのネーミングがデブとかちびとかヒゲとか、雑なのも笑えて好きだ。あ、でも元は殺陣《たて》つける人だったからアクションがすごく……」

「……………」

勢いよくまくしたて、ふと気がつくと月城がニコニコしながら頬杖《ほおづえ》をついてこちらを見ていた。べつに咎《とが》められてはいないが、やらかしたような気持ちでいっぱいになる。咳《せき》ばらいをしてごまかした。

「……月城は？　帰ってから何してんの？」

「えっ、うーん……あの……本を読んだり……」

本……。そういえば教室でもカバーのかかった文庫本を持っていることが多い。

「どんなの読んでんの」

「いぇっ？」

なんとはなしに聞くと、身構えた顔で口籠った。そういえば月城は教室で読んでるものを聞かれても、断固として答えていない。

「……だ、だいたい……ホラー小説だけど……」

後半声が小さくなっていく。なぜそんなに恥ずかしそうにしているんだ……。

「そういや……昔からそういうの好きだったよな……」

思い出して言うと、弾《はじ》けたようにぱっと顔を上げた。

「……うん。そうなの！　都市伝説の本とか怪談詰め合わせみたいなのも好き……なんだ」

「へえ」

「ホラー漫画もたくさん持ってるし、ホラーゲームも好き。お化けがババーンと出るのもそれはそれで好きだけど、あたしはこう……一段低いはずの塀の向こうにいる女の人の背が妙に高いとか……ついさっき内線で話したはずの人が存在しなかったとか、そういう脳がザワザワする話が好き……あのね、自分の思い出に入り込んで、だんだん現在に近づいてくる女の人の話があるんだけど……それがすごく……」

「うんうん……」

思いのほか目を輝かせて語る月城《つきしろ》の勢いは俺に負けてない。楽しそうだ。

「映画は？」

「え？」

「えっとほら、ホラー映画とかもあるだろ」

「あぁ……映画は単にあまり観《み》る習慣がなかったんだけど……お薦めとかある？」

「お薦めっても……日本のホラーと海外のホラーは結構作りが違ってて」

「どっちでも……末久根のお薦めが知りたい」

月城の表情がやにわに興奮を孕《はら》んだものに変わる。俺はホラー映画に詳しいわけじゃないので比較的メジャーなタイトルをいくつか列挙した。

「じゃあ外に出る準備するね」

食事が終わり、月城が部屋にひっこんだので、俺も自室で着替えた。

そうしてリビングで待っていたが、月城はなかなか出てこなかった。

ようやく出てきた月城は近所のスーパーに行くだけなのに、えらく可愛《かわい》い格好をしていた。どこかお嬢様めいた上品なスカートなんて穿《は》いている。いや、これが普段着で、俺とはお洒落《しゃれ》レベルが違うだけかもしれない。ていうか、顔が可愛いだけかもしれない。

一番近いスーパーは徒歩七分。俺はやたらと可愛いクラスメイトと共に入店した。

店内にはどこかで聞いたような曲が、安っぽいアレンジをされて歌抜きでかかっていた。

月城がカゴをカートにのせてガラガラ引いてきたので、受け取って押す。

「ねぇねぇ、末久根」

「なに」

「嫌いな食べ物とかある？」

「俺、なんでも食う」

「あー……昔からそうだったもんね。好きなものはあるの？」

「……オムライス」

月城は「ふうん」と言って、スマホで何かを調べてポケットにしまった。それからしれっとカゴに卵を入れる。通りすがりに鶏肉《とりにく》と玉ねぎを放り込んでいく。

もしかしてオムライスを作ろうとしているんだろうか。

「月城、料理はよくすんの？」

月城はクールな顔ですっと向き直る。そして堂々と言った。

「さほどやらない」

「おお……」

「でも、レシピ見てやるし……大丈夫だと思う」

「…………」

「だ、大丈夫……信じて」

べつにそこまで疑ってないけど……。なんでそんなに必死なんだ。

さっきはもしかしてと思っただけだったけれど、カゴにオムライスが作れそうなものが積まれていくのを見ていて、気になった。

「月城、何作んの？」

「内緒……」

どうせ食うときにはわかるのに……。

「その……何を作るのかは知らないが……確か家のケチャップ切らしてたと思うけど……もし必要なら……」

月城はぱっとこちらに向き直った。

「……ないと困る」

そう言ってそのまままっすぐケチャップの置いてある売り場へと向かった。やっぱりオムライスなんじゃないのか。

売り場につくと月城が真剣な顔で聞いてくる。

「こっちとこっち、どっちがおいしいと思う？」

「ケチャップのおいしさ比較とか、考えたこともないが……」

月城はケチャップの前で数十秒悩んで、パッケージに高級感があるほうをカゴに入れた。

そして売り場をいくつかまわり、月城はスマホとカゴの中身とを見比べて頷《うなず》いた。

「もういいのか？」

「うん」

返事を聞いてカートを受け取り、テーブルに置いてあった食費で会計をした。

帰宅して荷物を冷蔵庫に入れる。背後に気配を感じて振り向く。

月城はおもむろに腕まくりをして、エプロンまで着用していた。やる気満々である。

「え……もう作るのか？」

月城は真顔でこくりと頷く。まだ三時なのに……？

「ご飯炊く時間もあるし。末久根《すくね》はどっかで待ってて」

「はい」

勢いというか謎の気迫に押され素直に頷いた。

とはいえ夕飯の準備をしてもらっているのに部屋にも戻りにくい。リビングに行ってソファに転がりテレビのリモコンを操作した。

しかし、さほど興味を引かれるものもなく、若干手持ち無沙汰だった。

結局スマホゲームで暇つぶしをしていると、キッチンのほうから小さい声で「ひゃ」と聞こえたので気になって見にいく。

「なんかあった？」

「危なかった……でも、爪で止まったから切ってはない」

大丈夫なんだろうか……。月城は顔にうっすら汗までかいていて、見るからに真剣だった。たまに体育のときに垣間《かいま》見る、だるそうな顔とは対照的だ。

「まだかかるから……大人しく待ってて」

「はい」

真顔でぴしゃりと言われてまたソファに戻った。

かくして午後五時、少し早めの夕食となった。

テーブルにオムライスと、レタスとトマトのサラダ、オニオンコンソメスープが並んだ。綺麗《きれい》に盛り付けようとしているが、どことなく慣れてないのがわかる感じ。オムライスにケチャップでへんちくりんな顔が描かれているのも微笑《ほほえ》ましい。

見ていると口元が緩んだ。

なんとなく、食うぞという確認を込めて月城を見ながら「いただきます」と言うと、どことなく自信のなさそうな「……ど、どうぞ」が返された。

スプーンでそっとひとくち分すくう。

ふと見ると正面の月城の眉が盛大にハの字になっていた。

「え……大丈夫か？」

「何が？　た、食べないの？」

「いや、食うけど」

口に入れる。卵の皮の中には当然のごとくチキンライスが入っている。めちゃくちゃ見られていたので、飲み込んだあと求められていると思われる感想を大急ぎで言った。

「……お、おいしい」

月城を見ると両手で真っ赤になった頬を包み「………うん」と言って俯《うつむ》いた。

やっと視線の呪縛が解けたので、そのあとは普通に食べた。

俺はさほど味の違いがわかるほうではない。でも、そのオムライスはきちんと味わおうと思って丁寧に食べた。うまいと思ったし、自分のために一生懸命作ってくれたのは嬉《うれ》しかった。

「ごちそうさま。俺、皿洗うわ」

「じゃあ一緒に……」

「いいから、それくらいする」

無心にキッチン周りのお掃除までしていると、肩から湯気を出した月城がひょいと顔を覗《のぞ》かせた。

「なんか汗だくになったからシャワー浴びちゃった。お湯張ってきたから入れるよ」

湯上がりの月城は襟ぐりが広く開いた半袖にショートパンツという軽装で、そこはかとなくエロかった。

まだ少し湿った体に薄手の衣服が張り付いているせいで、いつもより体のラインが強調されている気がする。ほんのりと、石鹸《せっけん》の匂いがした。

普段化粧をしているのかすら俺にはわからないが、頬が紅潮していて、どことなくあどけない感じにも見える。髪の毛は片側に纏《まと》められて流れていたが、そこからはぐれた一束が反対の首筋にペタリと張り付いていた。

一瞬だけ見て、心拍が乱れるのを感じ、何食わぬ顔で光速で目を逸《そ》らす。

「ありがとう」

俺は振り向かず、すみやかに浴室に向かった。

浴室は人が使ったあとの蒸気で満ちていて、シャンプーの匂いでもわっとしている。

普段両親の使ったあとにはまったく意識しない、その体温の残り香のようなものがまた心を乱す。一体なんなんだ。

以前はなかったもの――月城《つきしろ》の使っているシャンプーが、最近は異物のように置かれている。末久根家で使用されている野暮ったいデザインのそれとは違い、小洒落《こじゃれ》ていて、女子のためのシャンプーといった風合いが強い。

シャンプーまで、女子。

女子に対する警戒心と青少年的煩悩《ぼんのう》がないまぜになり脳がボンヤリする。

女子女子女子女子女子。じょじょじょじょじょいや、大丈夫だ。月城はシャワーを浴びたけれど、湯船には入っていないようだった。よってこれはただの温度の高い水道水でしかない。湯船にまで邪念は持ち込まれない。

わしゃわしゃと力強く頭を洗い、無心で湯に飛び込んだ。

疲れた。

友達と買物に行き、夕飯を食っただけなのに、ずっと気持ちが張り詰めたままだった。

一緒にいてこんなに疲れるのは、友達といえるのだろうか。

否。違う気がする。

月城が悪いわけではないが、ここ数年関わってこなかった女子という生き物と思いのほか濃い一日を過ごしてしまい、精神がヘトヘトだった。そんなに動いていないのに、肩が凝っているような感覚がある。

やっとこさ風呂から出ると、月城がクッションを抱えてリビングのテレビの前にいた。

画面には今朝がた俺が教えたホラー映画のタイトルが出ている。

「それ、観《み》るの？」

「うん」

「……じゃあ」

そそくさと退室しようとすると服の裾をがしっと摑《つか》まれた。一瞬弛緩《しかん》しかかっていた俺の心が緊張状態に引き戻される。なんだ。一体まだ何があるんだ……。

「一緒に観てほしい」

「え、俺、それ前一度観た」

「そしたら、なおさら一緒に観てほしい」

「どういうことだよ……」

聞きながらそういえば……と思い出した。

月城は昔からホラー関連が好きなタイプだったが、まったくそうとは思えないくらい強烈なビビリだった。テレビのホラー特集だとかも、怖い怖い言いながら見て、翌日に怖くて眠れなかったなどとぼやいていた。数年経《た》ってだいぶ雰囲気も変わっていたし、さすがに高校生ともなれば、そこまで怖がりではなくなっているかと思いきや、さほど変わっていないようだ。

妙な部分で昔の彼女との一致点をみつけてしまい、その一瞬、ふわっと緊張が解けた。

月城は俺をソファにボサッと腰掛けさせ、自分も隣に座ってから再生ボタンを押した。

「末久根、これ、怖い？」

「そりゃホラーだからな。人によっては」

「どれくらい？」

「中辛かな」

俺はそんなに怖くなかったが、月城のレベルを想定して答える。

答えながら小四のころ地元であった肝だめしのことを思い出していた。

月城が行きたいと言うから行ったのに、いざ俺たちの番となると、なかなか歩こうとしなかった。ミッションである札を取って戻るころには半べそで、大した距離じゃないのにものすごく時間がかかったのだった。

しみじみした思考から抜けると映画が始まっていた。

俺は前に観たので流し見していると、隣から息を呑《の》むような音が聞こえ、そちらを見る。

月城は抱いているクッションに爪をめり込ませて、恐怖の表情を浮かべていた。緊迫感のあるシーンが通り過ぎるとあからさまにホッとした顔になる。

クールな月城さんとは思えないくらい表情を変えている。その変化は面白過ぎた。たまに噴き出しそうになった。

半ばまで観るころには、俺は映画の一番の見どころのシーンを楽しみにしていた。

見たところ、ここまで大して怖くないシーンでかなりビビり散らかしている月城にあのシーンが耐えられるのだろうか。

そうこうしているうちに問題のシーンにたどり着く。

「ギャッ」

小さく悲鳴を上げたのは俺だった。

なぜかというと月城が俺の肩口に顔面を勢いよく埋《うず》めたので、すごくびっくりしたのだ。

映画はストーリーが進んでいたが、月城はまったく観ていなかった。テレビからかん高い悲鳴が響いている、その音だけを聞いている。

月城はシーンが切り替わったあともそのままの体勢で、小声で言った。

「いま……何が起こった？」

「いや、自分で観ろよ……」

思わず笑ってしまう。

しばらくしてようやく画面に視線を戻した月城が不思議そうに言う。

「あれ、さっきの人、絶対死んだと思ったら元気そう……」

「いや、ギリギリで……だからなんで観てなかったんだよ……ふはっ」

説明しようとするが、途中で脱力して笑ってしまう。緊張がほどけたような感覚も手伝って、なかなか笑いは止まらなかった。

「……末久根《すくね》、笑い過ぎじゃない？」

「すまん……」

「うん、でもおかげで少し怖くなくなった」

月城もつられたように笑った。ぜんぜんクールじゃなくて、どこか困ったような、ふにゃっとした笑みだった。

やがて、エンドロールが終わり、立ち上がって伸びをした。

「おやすみ」

「うん。おやすみ」

部屋に戻って大きく息を吐いた。明日、月城は撮影の仕事があるので朝から出かけると言っていた。夕方には両親が戻ってくる。今日という日は無事に終えられた。

ベッドに潜り込み、天井を見ながらぼんやりした。

月城の映画を観ているときの顔を思い出す。それから、子どものころの彼女も。

もしかしたら彼女の根は昔とそう変わっていないのかもしれない。

＊　＊

同居生活一ヶ月。

玄関に入ると、先に帰っていたらしい部屋着の月城が前を通りかかって「おかえりなさい」と言われる。

「……ただいま」と返すが、いまだに少しキョドっている。

「今日はどこかに行ってたの？」

あきらかに寄り道していた時間なので気になったのだろう。

「藪雨《やぶさめ》と及川《おいかわ》と一緒に釣り堀に寄ってきた」

「へぇ、釣れた？」

「及川は釣ってた」

「ふうん……」

月城はそのまま部屋に戻るかと思いきや、どことなくモジモジしながら、俺が靴を脱ぐのを見ていた。

「あの、末久根……あたしも……」

「え」

「えっと……週末、どこかに出かけない？」

聞かれた俺は数秒シミュレーションして考えてから答えた。

「……無理だ」

「えっ」

「俺、女子とデートとかしたことないし……なんか無理な気がする……荷が重い」

女子と二人で出かけたことなんて小四以来ない。強いて言うならこの間近所のスーパーに月城と行ったが、あれは荷物持ちだし、目的がはっきりしたものと遊び自体が目的のものは別だ。謎の圧迫感がある。無理の無理無理無理だ。

「と、友達だもん。デートじゃないよ」

「男女が！　二人きりで遊びに出かけるのは！　デートだろ！　俺のようなやつにそんなことができるはずないだろう！」

ハキハキと言い放った俺に、月城《つきしろ》はやや気圧《けお》されたように「う、うん……」と頷《うなず》いた。

「だいたい話なら家でできるし、わざわざ外に行く意味がないと……」

自分でも意味不明な理論でデートを拒絶した。

女性不信の発作ともいえるが、デートに妙な恐怖感が湧いたのだ。

「そっかー。わかった」

しょんぼりというより呆《あき》れた息をハーと吐いた月城があっさりと階段を上っていった。

そんな会話をした翌日のことだった。


「あれ、月城さん」

赤彫《あかほり》がつぶやいて、そちらを見た。

休み時間、俺と赤彫が話しているところに、月城が目の前まで来ていた。

俺は月城と教室で話さない協定を結んでいたわけではないし、今まで話さなかったことに明確な理由はない。しかし、最初は俺が一方的に避けているような気持ちで申し訳なく思っていたが、最近では月城のほうもべつに教室では話したがっていない気がしていた。

そんなおり普段と違う動きをされてぎょっとしたが、月城は特に表情なく俺の隣の赤彫に声をかけた。

「赤彫、ちょっといい？」

「え？　あ……うん」

普段女に対して物怖《ものお》じしない赤彫が若干口籠《くちごも》った。赤彫も相当びっくりしたようだ。

赤彫はこちらをチラチラ気にしていたようだが、そのまま教室の端の声の聞こえない位置に行って話し込んでいた。

「月城さんもやっぱり赤彫狙いなんだろうか……」

気がつくと蛇川《あぶかわ》がノソッと背後に現れた。

「うわっ、なんだお前、悪霊《あくりょう》か！」

「……やっぱ赤彫なんかなぁあ……」

「そうだったとしてお前になんか関係あるんか？」

「月城さんは僕のことはモチのロンで相手にしないだろうが、イケメンも平等に相手にしないから、僕の心のアイドルだったたんだ……！」

蛇川が太めの眉を寄せ、いささか太ましい身をくねらせ熱弁する。なかなかたくましいものの見方だ。

なんにせよ美男美女が揃《そろ》っていると視線が集まる。

しかも普段からクラスメイトとろくに会話なんてしない月城が、目立つイケメンと話しているとなれば、男女共に、そちらに注意が向いていた。

虻川はしばらく俺の肩越しにそちらを覗《のぞ》いていたがやがて「イケメンはいいな……いいな……」とつぶやいて、どこかへ消えた。

俺もなんとなく赤彫のほうを見た。

長身の赤彫がやや身をかがめ、腕組みした月城が笑みひとつ浮かべずに何か言っている。

遠目だと月城が説教してるかのようにも見えた。

それから赤彫が教室の女子集団の一角を指差し、月城がそちらを見てから頷いた。ぱっと見は暗殺の指示を出したようにしか見えない。まったくなんの話か想像もつかない。

しばらくして赤彫が上機嫌で戻ってきた。

「おれとお前と、月城さん、それから湯田咲良《ゆたさくら》で遊びにいくことになったから」

「へえ、そうなのか………はぁ⁉」

「いつにする？　おれ日曜バイトだから土曜日がいいんだけど」

「まてまて、ちゃんと説明しろ」

「これ以上の説明はない」

「いや絶対もっとあるだろ！」

直後にチャイムが鳴ったので、本当にそれ以上赤彫から説明されることはなかった。


帰宅後、俺は初めて月城の部屋の扉を叩《たた》いた。

「月城、今いいかー？」

「え、末久根？……ちょっと待って」

しばらくゴソゴソ音がしていたが、やがて月城が髪の毛を手櫛《てぐし》で直しながら顔を出した。

「ちょっと、聞きたいことがあって……」

「あ、昼間のこと？」

「うん」

赤彫はあのあともすっかり浮かれている感じで、ろくな説明はなされなかった。そうなると月城に聞いたほうが話が早い。

月城は廊下に出て、後ろ手でそっと扉を閉めた。

「あたし、末久根と一緒に出かけたくて……だから赤彫に協力してもらうことにしたの」

「……ん？」

「赤彫がいれば、デートじゃないよね？」

月城は、してやったりといわんばかりの笑みを浮かべていた。この人普段教室ではつまらなそうな顔しかしていないのに……そんなに愉快なことがあっただろうか。

「いや、そこまでして俺と出かける意味があるのか……？」

「あたし、末久根《すくね》ともっと仲良くなりたいと思って」

「仲良くしてるつもりだけど……」

月城は女子なのに、会話をしているだけでもかなり仲が良い。そう返すが、月城は明らかに不満げだった。

「んー、でも、男子といるときとは違うじゃない？」

「そりゃ、当たり前だろ……」

月城と放課後に駄菓子屋に行き、ソースカツの食い方だけで一時間盛り上がれるかというと、双方難しい気がする。

「でも……あたしはもうちょっと自然な友達になりたいんだもん……だから赤彫に協力してもらうことにしたの」

「赤彫がいると自然な友達になるのか？」

「赤彫じゃなくてもいいんだけど、末久根、男子が近くにいたほうが表情柔らかいし」

正確には男といると表情が柔らかいのではなく、女子といるときに硬いのだ。

しかし意図はわかった。

「わかった……んで、なんで湯田がそこに」

「それは、交換条件」

「ん？」

「赤彫が連れてきてくれって言ったから。あたしもよくわかんないけど……」

湯田咲良は真っ黒な肩までの髪の毛と揃った前髪の小柄な女子だ。大人しそうな雰囲気で、赤彫のレッドサークルにいるのも見たことがない。赤彫からも名前を聞いたことがないので、なぜ湯田なのか、俺にもいまいちわからない。

＊　＊

六月半ばの土曜日。点《つ》けっぱなしで誰も見ていないリビングのテレビの音声によると、今日は一日快晴とのことだった。

「まってまって。末久根、テーブルに財布忘れてるよ」

「うわ、ありがとう」

「あれ、あたしのスマホ見なかった？」

「さっき鞄《かばん》に入れてた」

バタバタと準備していると、母親がダイニングテーブルでお茶を飲みながら生温かい目でこちらを見ていた。

「なんだよその顔……」

「べっつにー……女の子嫌いの悠《ゆう》も……美少女を前にトラウマを克服したのねとしみじみ嬉《うれ》しく思っているのよぉー」

クラスメイトの女子に母親といるところを見られるだけでも若干嫌なのに、この母は本当に嫌なことしか言ってこない。実に忌々《いまいま》しい。

「今日はほかにも友達いるから！」

「ハイハイ。よそのお嬢さん連れてるんだから危ない所に行かないのよ。遅くなるなら……」

「わーかってるよ！　行ってきます。月城、行こう」

「うん。……聡子《さとこ》さん、行ってきます」

俺と月城は連れ立って玄関を出た。

「末久根、あたしの髪の毛、変じゃない？」

「え、髪の毛？」

聞かれて困った。

現在月城の頭はサイドに小さく三つ編みが形成され、それらは後頭部の中央で複雑な形状を形成して集合。名前も知らない髪型だ。

正解の完成形がわからないのでおかしいのかどうかわかりようがない。狙った形になってるのかは知らないが、ぱっと見変なところは見当たらない。それを無難にぼやかして伝えようとした。

「大丈夫……可愛《かわい》いと思う」

「…………っんぐ？」

月城が妙な音声を上げて、急激に耳まで赤くなった。

俺の言葉選びがおかしかったことにはすぐに気づいた。しかし間違えたと言うのもまた失礼になる。もうこれ以上は何も言うまい。自分の耳辺りも熱い気がした。

二人揃って手のひらをパタパタさせ、顔に風を送りながら待ち合わせの駅を目指した。

待ち合わせ場所に、張り切った様子のめかしこんだ赤彫《あかほり》を発見した。

何かニワトリみたいな動きで付近をウロウロ歩きまわっている。

「おはよう！　お、一緒に来たのか？」

「そりゃ出発地点が同じだからな……」

残りは湯田だけだったが、ちょうど改札を出る人波の中に彼女を発見した。

彼女の、落ち着いた色合いの長いスカートを身に纏《まと》う印象は制服のときとそう変わらない。

湯田咲良は俺と赤彫が待ち合わせ場所にいるのを見て、はっと表情を変えた。そこからは教室で見るのとはまったく違う顔でドス黒いオーラを発し始めた。

湯田はまじめで誰に対してもそつなく対応する女だ。少なくとも表面的には不細工にもイケメンにも等しく礼儀正しい。だから了承したところがある。

しかし、その湯田があからさまに嫌悪《けんお》をあらわにしている。そんな女ですら、俺と休日を過ごすのは嫌なんだろう。

「……なぁ、俺やっぱ帰っていい？」

そう口に出そうとしたとき、近くに到着した湯田が口を開いた。

「月城さんに誘っていただいたので来ましたが……赤彫くんがいるなんて聞いてないです」

どうやらドス黒いオーラは赤彫に向けられていたものらしい。

俺は隣の月城《つきしろ》に確認する。

「……言ってなかったのか？」

「うん」

「いや、メンツぐらいは伝えとけよ……」

湯田《ゆた》はしばらく遠い目をしていたが、口を開く。

「帰ってもよろしいですか」

「ははは。こいつ、中学のときからずっとこういうやつなんだよ」

どうも中学の同窓生だったらしい。赤彫はご機嫌でニコニコしていた。

「なぁ……でもなんかお前めっちゃ嫌われてないか？」

「そうでもないってー」

「確実に、苦手だとは思っています」

「はははは っ」

謎の楽しそうな笑いをこぼした赤彫に、湯田は冷たい視線をぶっ刺す。

「まぁいいです。……ええと、私は末久根さんとお話ししてればいいんですよね……。末久根さん、今日はよろしくお願いします」

湯田が俺に向かってペコリとお辞儀をした。

こういう状況だし、女子だからといって教室のように逃げるわけにもいかない。いつもならなるべく話さないようにするが、湯田も巻き込まれてここに来たかわいそうなやつだ。なるべく普通に接するように努力しよう。

「……よろしく」

俺もペコリとお辞儀を返した。

そうして顔を上げたそこには、美形二人が不機嫌そうに目を細めていた。

「……あれ？」

「湯田、誤解してる。あたしも赤彫となんて話したくないから」

「ひでえ」

「赤彫、元気出せよ。俺はお前と話す気満々だぞ」

「嬉《うれ》しくねえ」

不満をもらしつつも赤彫は見たことないような満面の笑みを浮かべ、かなりの機嫌のよさを見せていた。赤彫はわりと女子に囲まれがちな男で、そのつど笑顔で軽く対応してはいるが、今みたいに楽しそうな顔はあまりしていない。

「赤彫が湯田呼んでほしがったの……すごくわかりやすい理由だったね」

近寄ってきて小声で言う月城に「な……」と返し納得を共有した。

理解してから改めて湯田を見ると、小柄で地味にしているから目立たないだけで、顔立ちはこぢんまりと整った可愛い造作であることに気づく。月城が人気女優系なら、こちらは人気声優系といえるだろう。

「じゃあ行こうぜ。ほら、湯田……あだッ！」

赤彫はそう言って、繋《つな》ごうと伸ばした手を勢いよくはたき落とされていた。そういうチャラいことをするから余計に嫌われるんじゃないのか。

しかしながら、はたき落とされてもなお嬉しそうにしているので放っておいた。

「で、どこに行くんだ？」

巻き込まれた感が強かったし、そのへんの詳細予定は全て赤彫に託していた。

「植物園」

赤彫はなぜか聞いた俺ではなく、湯田のほうをまっすぐ見て答えた。

「あ、あぁ、そう……」

「湯田、植物好きだったろ」

「はい……それは、そうですが……」

あからさまに湯田が楽しめそうな場所に照準を合わせている。俺や月城の希望など考えた形跡もない。俺は植物園が嫌なわけではないが、思わず横目で月城を見た。

月城は俺の視線に気づくと口元だけで笑ってみせた。

「あたしは……どこでもいいんだ」

月城は俺の耳元に息がかかるくらいに口を近づけ、ごく小さな声で言って、手をぎゅっと握ってきた。

後ろ手なので赤彫と湯田からは見えない。

しかし、そういう問題でもない。

「末久根、昼飯だけど……でいいか？」

赤彫が何か話しかけてきたけれど、うわの空で、途中が聞き取れない感じに飛んだ。

手が、やらかくて小鳥みたいなふんわりした何かに包まれている。

そっちに意識が持っていかれていた。

ちゃんと摑《つか》まれているのに握力がない感じだとか、すべすべな感じだとか、こんなふうに男と手を繫いだことはないのに、男の手と明らかに違うことだけはわかる。

「……いいんでないか」

全神経が片方の手に集中していたため、一番大事なところがまったく聞き取れていなかったが、適当に答えた。

繫がれた手が熱を持ち、重なった部分がわずかに汗ばんでくるのを感じる。

その手は歩き出す前にそっと離され、密着していた温度が喪失した。けれど感触はずっと脳に焼き付くように残っていた。

脳天が熱い。免疫がなさすぎる。

先に駅前のファストフードで昼飯を食べた。

「末久根《すくね》さんは、どういった経緯でここに？」

俺と赤彫と月城はだいたいの事情をもれなく把握しているが、そこに引っ張り込まれた湯田はだいぶ困惑しているようだった。

「あー、俺は、赤彫と月城に誘われたから……。湯田は？」

見たところ月城とはさほど親しくなさそうだった。

月城は主に男に冷たいが、女子である湯田にも十分無愛想だった。ろくに会話をしていない。湯田がした挨拶にも「うん」としか応えなかった。

なんとなく気弱な女子は月城に逆らえなかったのかと思ったが、蓋を開ければ湯田もだいぶ図太い性格のようなので、そうでもなさそうだった。

湯田はハンバーガーを咀嚼《そしゃく》して、ごくんと飲み込んでから口を開いた。

「月城さんに誘われて断る女子はいません」

「そ、そうなの？」

「はい！　クールで美人で、憧れですから！　友達もみんな羨ましがってました！」

ニコニコしながら言われる。

当の本人は話題にされているというのにこちらを見ようともしない。

しれっとした顔でコーラのストローを口に含んでいる。

こんなに感じが悪いのに……。

顔がいいだけで……。

すごい。

月城はおそらく突然教室で机をガリガリ齧《かじ》り出しても「うわぁ！　顔がすごく可愛いね」ですまされる選ばれし民なのだろう。

六月の植物園には、たくさんのつつじが咲いていた。

色鮮やかで、澄んだ空気に混じってほんのり甘い匂いがしている。

「わぁ」

湯田が植物好きというのは真実らしく、目的地の植物園に着くとすぐに小さな声を上げた。嬉しそうな湯田を、赤彫が満足げに眺めている。正直赤彫がここまでわかりやすいやつとは思わなかった。

適当に散策して見てまわった。湯田は好きというだけあって、通りすがりの樹木や花の名前を知っていて、俺がろくに見ないような説明のプレートを熱心に読んだりしていた。

植物園は思いのほか広く、外だけではなく温室も三つあった。

だから食虫植物のある亜熱帯の温室の前を通りかかったころには陽が傾きかけていた。

「あそこは遠慮しとくかー」

そろそろ飽きてきたのか、赤彫がそう言った。

「あたしも……ここはいいかな」

ホラーは好きなくせにグロ・スプラッタ方面は得意ではないという月城は食虫植物に恐れをなしたのか、若干ほっとした顔をする。

湯田がささっと前に出た。ぱんっと勢いよく両手を打ち合わせて言う。

「ごめんなさい！　私はものすごく見たいです。ちょっとだけ見てきてもいいですか」

「あ、俺もちょっと見たかった……」

道端ではまず見ない植物なわけだし、実は気になっていたので、これ幸いと湯田についていくことにした。

「あ、では一緒に参りましょうか」

微妙に焦《あせ》った顔をした赤彫《あかほり》と月城に手を振って、中に入った。

温室はむわっとした熱気で蒸し暑く、亜熱帯の植物で満ちていた。札がついているもの以外にもデコレーション的な植物がワサワサしている。見渡すとさっそくひとつ発見した。

「ウツボカズラだ！」

「ですね……！」

そこそこメジャーどころなため、名前とルックスだけ知っていた有名人に実際会えたような嬉しさがあった。

湯田を見ると目をキラキラ輝かせていた。

「うわぁ〜！　すうごく、かっわいぃですね！」

「……え、そう？」

湯田の声は裏返っていたし、ヨダレを出さんばかりのとろけた顔をしていた。

湯田はしばらく熱心にウツボカズラをスマホで写真に収めていたが、はっと気づいたように俺に向き直る。

「末久根さん！　私ハエトリ草が見たいんですけど、そのへんにいますかね？」

「あいつ食虫植物界での知名度は重鎮クラスだし、いるんでないか」

「探したいです！」

「うん、あそこらへんにありそうだ」

一緒になって探していると、草陰からハエトリ草より剣呑《けんのん》な顔の赤彫が現れた。

結局追いかけてきたようだ。

「なんだよ、赤彫その顔……」

「あぁっ！　赤彫くん、ちょっとどいてください」

赤彫の背後にお目当てのハエトリ草を見つけた湯田は赤彫を押しのけ、駆け寄った。

湯田は、ひーと悲鳴をもらし「可愛《かわい》い、可愛い」と言って喜んでいる。

ハエトリ草に負けた憐《あわ》れなイケメンはすっかりしょぼくれていた。

俺は少し見てみたかっただけで、若干の変態性を発揮している湯田ほどではないので、少し見たら満足してしまった。はしゃぎ続ける湯田の近くで仏頂面《ぶっちょうづら》で立っている赤彫に声をかける。

「あれ、月城《つきしろ》は？」

「誘ったけどやっぱ入りたくないみたいで、外のベンチで待ってるって」

「じゃあ俺、出てるな」

ひとりで退屈しているかもしれない。

月城は温室を出たところから見えるベンチに座っていた。

腕を組み頬杖《ほおづえ》をつき、ぼんやりしているようだった。緩い風で髪がかすかに揺れている。見慣れているはずなのに一瞬だけ突っ立って見惚《みと》れる。

しかし大学生くらいの男二人が月城をニヤニヤ見ながらヒソヒソ話をして近づこうとしていたので、我に返り迅速にそちらへ行った。

「あれ、湯田《ゆた》と赤彫は？」

「まだ中。湯田がかなり熱心でな……」

「末久根はもういいの？」

「うん。面白かったよ」

そう言って、隣に腰掛けた。

「そういうとこ、末久根だよね」

「え、何が」

「昔から、複数で遊んでいると、なんとなく、ひとりあぶれた人のとこに行って話してたりすること、多かった」

そうだっただろうか。あまりそんな認識はない。

「まぁ……ほとんどあたしなんだけど」

月城は小さく付け加えて、ふっと笑った。

「そういうとこ、あんま変わってないね」

月城は行きがけに買ったペットボトルのお茶を飲んでいた。

俺は彼女が飲んでいる、『ルイボスティー』などという横文字のお洒落茶《しゃれ》を飲んだことはない。しかし、月城が飲んでいれば、『梅こぶ茶』でも美容によさそうなお洒落茶に見えるのかもしれない。

月城の唇が水分でふっくらと潤うのを見たら、喉の渇きを覚えた。

「俺もなんか飲み物買ってこようかな……」

「自販機、結構遠いよ」

さっきのスケベそうな男の二人組がまだ近くにいた。

「……じゃあ、いいや」

飲み物を諦めてベンチの背もたれに深く背を預けると、目の前にペットボトルが差し出された。

「飲む？　ちょっとぬるいけど」

「…………ありがとう」

一瞬の逡巡《しゅんじゅん》の末に、俺はそのペットボトルを受け取った。そして、細かいことは考えず黙ってお茶を飲み、カラカラに渇いた喉を潤した。

月城の言動にいちいち緊張するのに疲れてきた。

もういいや。

緊張するのが面倒くさい。裏を考えるのも疲れる。

結果的に月城の思惑は成功したといえるのかもしれない。俺はどことなく投げやりに緊張を手放した。

温室の出口のほうから湯田の声が聞こえてくる。

「まず、色合いです。緑の中でも鮮やかっていうか……あとまるっこくて柔らかいフォルムは可愛くて、牙の部分はアクセントっていうか、それで植物なのにちょっと動物未満に動くのがたまらなく可愛いっていうか……おうちに連れて帰りたくなります。ペットにしたい感じです。わかりますか？」

「いやまったくわからない。でもいいと思う」

赤彫が、湯田の熱い説明を真剣に聞きながら戻ってきた。

好きな女の奇抜《きばつ》な趣味を理解しようとがんばる男、赤彫。

やつの印象も今日一日でだいぶ変わった。

夏の章

何やかやあった高校一年の一学期もあっという間に終焉《しゅうえん》を迎え、今日は終業式だった。

俺は夏休み前半に短期でバイトを入れていた。

「なんのバイトをするの？」

終業式の帰り道で月城に聞かれて答える。

「交通量調査のバイト。一、二週間くらいかな。蛇川《あぶかわ》も一緒」

「……蛇川？」

月城は聞いて一瞬眉をひそめたけれど、やがて小さな声で「あぁ、男子か」とつぶやいた。女子のはずがないのに。月城はいまだに俺の生態についていまいち理解していない。

「月城は、夏休みは親と会うのか？」

「うん。八月末に一週間くらい、会いにいくよ」

「そうなんだ」

「赴任中は実家を人に貸してるから、会うなら向こうしかないんだよね」

親に会うためにわざわざ飛行機に乗っていかなきゃならないのは難儀だが、旅行を兼ねていると思えば楽しいかもしれない。

「それ以外は？」

聞かれた月城は一瞬だけ空を見上げた。

「……たまーに仕事に行くぐらい」

どうやらあまり忙しくはなさそうだ……。

見る限り月城には友達らしい友達がいない。たまに休日にリビングで見かけることがあったが、たいていホラー系のゲームをやっていた。この間は途中からで、まったくよくわからんゲームの怖い画面を一緒に見させられた。仕事は夏休み中だから少し多めに入れられるかもしれないが、それ以外はそこそこ暇なんだろう。

＊　＊

無事、夏休みに入り、俺は毎日バイトに出かけていた。

その間、終わってからはだいたい毎日、虻川の兄が営むインドカレー屋に寄り、そこで夕食を食べて帰っていた。

虻川の兄ちゃんは純日本人だが、顔がインド人ぽい。周りからもずっとそう言われ続けていて、ついに何を間違ったかインドカレー屋を始めたという。ちなみにインドに行ったことはないらしい。見たところ客足も乏しいし、勉強不足ですぐ潰れるかもしれない。

その日も、虻川とテーブルでナンをちぎりながらバターチキンカレーをつついていた。

俺が先日観《み》た映画について語ると、虻川がスマホで画像を検索して見て、出ている女優について聞いてくる。

虻川はゆるゆるのアイドルマニアであるが、気が多すぎて大抵箱推しになっているし、彼の守備範囲は広く浅く、ワールドワイドで広大だ。彼は性別女がもれなく大好きなのだ。

「末久根《すくね》って、なんで女子とはぜんぜん話さないの？　夏休み前もほら、巨乳の平田《ひらた》さんがそこらの人に手当たり次第に割り箸持ってないか聞いてたじゃない」

「ああ、あったな」

枕の形容詞『巨乳の』は特にいらない気がしたが、それがなければ誰だかわからない程度に名前を憶《おぼ》えていない。あった出来事を思い出し頷《うなず》いた。

「末久根、持ってるのに無視してたし、聞かれても持ってないって嘘《うそ》ついてたし」

「俺、女子とはなるべく関わらないようにしてる」

「なんで？　嫌いなの？」

「いや、嫌いというか、昔……女子にキモいと言われて……それからなんか、常に女子にはキモがられてんじゃないかと思っている」

「末久根にもそんなことがあったのかぁ。そんなわけないのに、嫌なやつもいるね……」

あれからだいぶ経《た》つ。本当に確信を持ってそう思っているというより、心の条件反射や思考の癖に近い。女子はみんなそう思っているというのは俺にとってもはや当たり前の前提となってしまっている。

「絶対考えすぎだよ……！　でも、その気持ちはなんかわかるかも」

「そうなん？」

虻川はモテないわりに積極性は高いという稀有《けう》な男なので、あの日も予備を持っていないのに、張り切って自分の買った弁当の割り箸を渡していた。

ひとこと「サンキュー」と言われただけで、何も未来には繋《つな》がらなかったようだが、そのときは若干満足そうな顔をしていた。そして直後、自分の弁当が食べられないと嘆き、俺の鞄《かばん》の底に入れっぱなしだった割り箸で食った。隙あらば話す気満々勢かと思っていた。

「いやぁ、末久根のとはまたちょっと違うんだけど……僕、ご飯食べるとすっごい汗かくのね」

「うん」

目の前の虻川は実際汗だくである。

「これくらいの距離ならいいんだけど、臭いんじゃないかと気になって気が散るからカウンターだけのお店は入れないんだよね。隣に女性とか座ったら……店出たくなる」

みんな、大なり小なり似たような悩みを持っているらしい。

「あっ、じゃあ、末久根は月城《つきしろ》さんのことは特別苦手なのかな」

「えっ」

なぜ、急に月城が出てくるんだ。

「ほら、月城さんはキモいとか、気軽に言いそうな感じというか、告白もしてないのに振られて嫌がられそうな感じが」

「ああ」

言わんとしてるところはわかるし、実際俺が少し前まで抱いていたイメージに近い。

「まぁ、そこがまた、たまらないというか……僕は月城さんにならむしろキモいって言われたいけど……」

「そ、そうなんだ……」

「じっと見てるのに気づかれて、冷たい目で見られながら口パクでキモいって言われたい」

「お前ほんと、たくましいね……」

「いやあ、月城さんくらいまでいくとクラスメイトって感覚より、推しのアイドルみたいな感じだし！　割り切って楽しく妄想しているんだよねぇ」

「なるほど」

どこらへんが『楽しい』妄想なのかはわからないが頷いておいた。


そんなわけでその週はバイト先かカレー屋にいたので、しばらく月城とは疎遠だった。

週末になり、仕事がない日にゆうゆうと朝寝していたところ、扉が豪快にバンと開けられる音で目を覚ました。

母の声が部屋に盛大に響く。

「悠《ゆう》、起きなさーい！　今日はみんなでバーベキューに行くわよ！」

「え……聞いてないんだけど」

「お父さんが夏休みに暇してる子どもたちのためにバーベキューグリルを買ったのよ！　ありがたいでしょ！　楽しいわよ！　二時間後に出発だから！」

「だからさぁ……もう少し先に言ってくれよ」

そういえば数日前から父が所蔵のキャンプギアを押入れから取り出し、ニヤついていた。

そこで全てを察するべきだったんだろうか。無理がある。

起きて顔を洗い、キッチンで野菜をジップロックに詰めている母の背中に声をかける。

「じゃあ母さん、月城起こしてきてよ」

「私今手が離せないのよ～。悠、行ってきて」

「え……それ、大丈夫なのかよ」

寝ている女子高生の部屋を訪ねるのは気が引ける。というか、できたら遠慮したい。

「あんたが大丈夫なら大丈夫よ」

「そんなら俺は大丈夫じゃない！」

「あーうるさいわね！　いいから！　さっさと行ってくる！」

途方《とほう》もなく無責任な言葉に背中を押され、二階に上がった俺は月城の部屋の扉をトントン、と小さくノックした。

まったく応答がない。あまりに気配がないので、もう起きてどこかへ出かけたのではないかと思った。

「うーん」

思案しながらドアノブを触っていたら扉がキィ、と音を立てて開いてしまった。

やべえ。開けちゃった。

ベッドで静かに寝ていたらしい月城が、物音に反応して「ううん？」と唸《うな》りながらムクリと上体を起こした。

慌ててバタンと扉を閉めるが数秒後、内側からカチャリと扉が開いた。

月城がキャミソールとショートパンツのだいぶ無防備な様相で目を擦《こす》っている。

こちらは目のやり場に困る。無意識に後退ると、腕の辺りをわしっと摑《つか》まれた。

「末久根、何か用だった?」

見えそうで見えない、もう少し首を伸ばせば見えるような気がする谷間に意識を持っていかないようにして答える。

「家族でバーベキューに行くことになった」

「うん……なんで隠れたの?」

「部屋開けちゃまずいだろ」

月城は言われたことがあまり頭に入っていない感じにぼんやりしながら「えー……」と髪の毛を直していた。

「べつに……末久根ならいいよ」

月城はそう言ってから手のひらで口元を隠して小さなあくびをした。

「じゃあ、楽しんできてくりゃさい……」

「いや、起きてよ」

「バーベキューに行くんじゃないの？」

「そうだよ。だから早く準備してよ」

「え……あたしも？」

「だから起こしにきたんだってば」

「わ、わかった！　すぐ準備する。ちょっとまってて」

扉が閉められ、部屋の中からドシャンガシャンと豪快な準備音が聞こえてきた。

俺はそっとその場を離れた。


ほどなくして、俺と月城はワンボックスの自家用車の後部座席で揺られていた。

月城は普段長い脚をむき出しにしたショートパンツに類する格好が多かったが、今日はふわふわした薄い素材のロングスカートに青と緑の中間色の石の付いたサンダルだった。

首と手首にアクセサリーも着けていて、いつもとは少し趣が違うがこれもまたよく似合っていた。ファッション誌のモデルなんてやってるやつは、だいたいなんでも似合うのかもしれない。もしかしたら割烹着《かっぽうぎ》でもドレスに見えるかも。

前方では運転席の父に母がずっと一方的にしゃべりかけている。

「ねえ、譲治《じょうじ》さん、碧《あおい》ちゃんのおかげで悠がまた普通に女の子と話せるようになったのよ～」

寡黙な父が「……ン」と相槌《あいづち》を打った。

「すごくない？」

「……ンム」

「ほらね、私、静音《しずね》ちゃんには大丈夫大丈夫、大船に乗ったつもりで任せてよーなんて言ったけど、本当はちょっと悠がひどいこと言って冷たくしないか心配してたのよう」

静音ちゃんとは月城の母のことだろう。

「ほら、悠は中学のときなんかも、バレンタインに家に来てくれた女の子にバカにするなとかなんとか言って追い返したでしょ」

さらっと黒歴史を暴露されている。あれは小学校六年のときのクラスメイトだった。逆立ちしても信用できるはずがない。

黙って聞いていた月城が口を挟む。

「すく……悠くんは、あたしにはすごく優しいですから、大丈夫です」

いつものように苗字呼《みょうじよ》びしようとしたところ、この空間は自分以外全員末久根《すくね》だということに思い当たったらしく、言い直した。そしてなぜか少し誇らしげな声音だった。

「碧ちゃん、悠は高校でほかの女の子ともちゃんと話せてたりする？」

「ほかの女子と話しているところは……あまり見てないです」

今度は声音が硬くなった。

「そっかぁ、じゃあまだ碧ちゃんだけなのね……うーん」

基本ふざけた母親だが、息子のトラウマをそれなりに心配している様子が伝わって少し心苦しくなった。

「あ〜、でも碧ちゃんと結婚しちゃえば、問題ないかあ！　ウフフフフッ！」

「やめろ！　今すぐ息子を車道に飛び込ませたくなければこれ以上変なこと言うな！」

前言撤回。この母親はクソだ。思春期の繊細な心のうちをド無視するにもほどがある。


目的地の、バーベキューができる河原に着いた。

そこにはすでに父の会社の同僚家族がいて、合流した。どうやら約束していたようだが、当然のごとく聞かされていない。まぁ、べつに嫌なわけではないので挨拶をした。

「おお、これ悠くんか！　大きくなったなあ！」

父の同僚は一度今の家に来たことがあるらしい。俺はあまり覚えていなかった。

そして俺に対する感想は三秒ほどで、関心は超高速で月城《つきしろ》に移った。

「えっ、月城さんとこの？　あ、今フランスだもんね」

「そうなの。だから今ウチにいるのよ～」

「へぇー、すっごい美人に……お母さん似かしら。あ、でもお父さんにも少し似てるわね」

「でも今だけはウチの娘よ～。ふふふふッ」

「ああ、聡子《さとこ》さん前から娘欲しいって言ってたものね～」

「そうなのそうなの」

息子で悪かったな。

その家族は夫婦のほかにチャラそうな大学生男子と、元気な小三男子が一緒に来ていた。

大学生のほうは酒を飲みたい両親の運転手として駆り出されたらしい。家族連れが多い中、場違いなでかいサングラスをして、いかにもかったるそうな顔をしていた。

しかし、月城を見てサングラスを外し、親に指差し何か聞いていた。まぁ、そこにいたらとりあえず聞きたくもなる美少女ではある。

父が買ったというのはアメリカ映画でよく見るような、円形で背の高い、どでかいバーベキューグリルだった。組み立ててそこに火を起こす。

父は火起こしが好きだ。普段無口な父ではあるが、この瞬間、眼鏡の奥にマッドサイエンティストみたいな笑みを浮かべていて、最高に楽しいのが伝わってくる。

もくもくと煙が上がって、その行先《いきさき》の空を見る。夏の入道雲が散らばっていた。

母がよその奥様と際限なく話しながら肉、ピーマン、とうもろこし、葱《ねぎ》とミニトマトも、なんでもかんでも串に刺してグリルの上に置いていく。もうひとつの家族は近くでタープを設置してスープを作ったりしていた。

しばらくして俺の背後で声が聞こえた。

「ねね、オレのこと覚えてる？　前に一回会社の創立記念パーティで会ったみたいなんだけど」

「覚えてない」

大学生の声かけに、月城がきっぱりとした声で答えている。

「高校生、夏休み何してるの？」

「何も」

「碧ちゃん、これ焼けたやつよー。岩塩か焼肉のタレで食べてね」

目の前の母が邪魔するかのように笑顔で月城を呼び、紙皿を差し出す。

「ありがとうございます」

さっきより少し温度のある声で、月城が串ののった紙皿を受け取った。

しかし、大学生は追いかけてきた。

「雑誌出てるんでしょ？　なんて雑誌？　今度買ってみるよ」

「いえ」

大学生はそのあとも何度か話しかけていたが、もう月城は顔を見ようともしない。

月城が来て「食べよ」と言って、俺の座っていたでかい石の隣に腰掛けた。

紙皿には巨大ともいえる串がふたつのっていた。

少し離れた場所でこちらを見ていた大学生は面白くなさそうな顔をしていたが、自分の親がいる場所でこれ以上しつこくする気にもならなかったのか、諦めたようだった。

「肉、でかいな……」

ずしりとした串を持ち上げて素直な感想をもらす。

ふと見ると先ほどの大学生がすぐ近くで電話を始めていた。

「やー、オレオレ。うん、そうだったけど……ほら、年寄りとガキしかいなくて退屈だしさぁ。終わったら行くから飲もうぜ。……うっそマジ？」

ゲラゲラ笑いながら、大声で話し始めた。

「……なんだあれ」

「くだらないプライドでしょ」

月城は表情ひとつ変えずに吐き捨てた。

いっぱしに恥をかかずに男をやろうとするのも大変そうだな……。まだ少し他人事《ひとごと》な感覚でそんなふうに思った。

そこから目を逸《そ》らすと、月城が唐突に俺に串を向けてきた。

「うわ、なんだよ。危ないだろ」

「椎茸《しいたけ》、食べられない……」

「ああ……」

確かに、月城の持つ串の先頭には椎茸がいて、箸で上部に位置調整されていた。頷《うなず》いて食いちぎった。

「ズッキーニは、好き」

俺の持つ串を見て言うので試しに向けてみたら、ぱくりと食らいついた。

食った……。

動物に餌をあげたときのような感覚になりつつ、顔を上げる。

大学生はまだ電話をしていたが、こちらをチラッと見ると舌打ちしそうな顔をして、離れた場所に移動した。

もしかしてこれが狙いだったのだろうか。月城の考えることは、いつもあまりよくわからない。

「お肉、すっごくおいしいね！」

月城がニコニコしながら肉を食べる。口周りを脂でベトベトにしながら、手の甲でそれを拭い、手指や顔が汚れるのも構わずモリモリ食べるさまは楽しげで健康的だった。

俺も食った。直火《じかび》だからか、外で食べているからなのか、本当に美味《うま》かった。

おかわりを繰り返し、腹がいっぱいになったころ、今度は小三男子が目の前に現れた。

「なぁなぁ、あっちにすっげーでかいカニがいたんだって！」

小三男子が指をチョキチョキさせながら懸命に言う。

「それ、そんなでかいの？」

「うん、こっち来てみなよ」

しばらく一緒になってカニを探して遊んだ。

俺はまだ、大学生男子より小学生男子のほうが気が合うし、遊んでいて楽しい。

月城も一緒になってカニを探していた。

「なぁ、このおねーさんと付き合ってんの？」

俺に向かって発せられた問いに月城がクールな顔で「どうだろうね」と言った。

否定して兄とみられる大学生に伝わっても面倒なので、俺は何も言わなかった。

「なんだよ教えろよー」

「内緒なの」

ちょっとだけ笑って言う月城は、小三男子にはさほど冷たくなかった。

しばらく川に小石を投げたり、魚を手で捕ろうとしたりして遊んでいた。

大学生は、いつの間にか車に引っ込んでいた。再びサングラスをして足をハンドルの上に投げ出し、ひたすらスマホをいじっている。

両方の親たちはビールを開けて、まだのんびり話しながら食べている。

近くからウインナーの焼ける匂いがしたり、子どもの笑い声が聞こえてきたりして、なかなかのどかな休日の風景だった。

そうして陽が少し落ちてきたころ、片付けを手伝った。

あとはこっちでやるからいいよと言われてふと見ると、さっきまで近くでゴミを纏《まと》めていた月城がどこにもいなかった。

あの人、だいたい気がつくとひとりでフラフラしてんだよな……。

捜すと、少し離れた河岸《かし》で、岩の上に座っていた。スカートを膝上まで捲《まく》り上げて、白くて長い脚を川に浸している。

俺が近くに来たのに気づくと、座ったまま上目でこちらを見てニッと笑う。

「ね、足つけると冷たくてきもちーよ」

「え、やる」

倣《なら》って靴を脱いで足を水につけた。最初の一瞬は想定より冷たくて心臓が小さく跳ねる。

「うおお……」

冷たくて気持ちいい……。

「なんか用があった？」

「いや、いつの間にかいなくなったら、焦《あせ》るだろ」

川なんて、事故も多いのに。

「末久根《すくね》は、いつもそうやって捜して、気にかけてくれるんだよね」

「………」

「今日も、当たり前に誘ってくれて嬉しかった」

「いや、なんかわりと暇っぽいこと言ってたし……」

「高校入って見ててもさ、いつもひとりでいる男子と話したりしてて……そゆとこやっぱ変わってないなぁって……思ってたんだ」

月城は川に入った足を小さくぱしゃんと動かした。

「でも、女子とはぜんぜん口をきこうとしないから、何かあったのかなぁとは思ってた」

「あぁ……」

「聡子さんもトラウマがどうとか言ってたけど……何かあったの？」

「それは……」

少し前なら絶対に月城《つきしろ》に言おうなんて思わなかったろう。クールな月城さんのイメージは平気でキモいと言いそうな女子筆頭だったのだ。

しかし、親がトラウマだのなんだのキーワードをこぼしすぎた。ここまでくると説明が必要かもしれない。そう思って、ポツポツと話をした。

他人から見たらきっと、大した出来事でもない。だから少し笑い話みたいにして軽く話した。俺の、ちょっとしたことから、世界の認識が変わった日のことを。

全部聞き終わった月城はムスッとしていた。

何か怒っているのかと思ったら実際にぼそりと「ムカつく……」とこぼした。

さらさらと川の水の流れる音がしていた。

澄んだ水の中には月城の白い足があって、波紋を作り、小さくゆらゆら揺れている。ちゃぽん、と音を立てて、月城が水から足を引っこ抜いた。そうして、座っていた岩に両足を乗せ膝を抱えた。濡《ぬ》れた足が乗った部分の岩の色が濃く変わっていく。それをなんとなく見ていた。

ふと気がつくと、月城が腕の中に顔を半分埋《うず》めてこちらをじっと睨《にら》んでいた。

「悠《ゆう》はさ……」

「え」

「悠は……かっこいいと思う」

月城は話の細かな感想もなく、それだけ言った。

「かっこいいよ」

「……うん」

「かっこいいんだよ……」

「ありがとな」

「あのさ、慰めとかじゃなくて……」

「うん。ありがとう」

「あー、もう、絶対通じてないじゃん。そういうとこだよ！」

珍しく怒った月城が俺の背中をバンと勢いよく押したので、俺はそのまま浅瀬に顔面から突っ込むようにバシャーンと落ちた。

＊　　＊

二週間のバイト期間が終わり、八月になったが、夏休みはまだ半分以上残っていた。

誰もいない自宅のリビングの床でエアコンの風を直撃させてだらけていると、赤彫《あかほり》から電話があった。

「おう……どしたの」

「おれは湯田《ゆた》と会いたい」

「はぁ、そうなんだ……」

「一緒に海に行きたい」

「……いってらっさい」

「湯田がおれと二人で行くはずがないだろ。月城さん伝手《づて》で誘ってほしい！」

「うーん」

うなっていると玄関のほうからガチャガチャと物音がして、そちらを向く。

「ただいま」

ちょうど月城が仕事から帰ってきたところだった。

「直接頼んでくれ」

月城にスマホを渡すと、月城はきょとんとした顔でそれを受け取り、耳に当てた。

「……は？　あんたバカじゃないの……」

月城は開口一番に無表情で冷徹な声を出している。

「ふうん……あっそう。わかった」

通話を切った月城は俺にスマホを返して、すぐに自分のもので電話をかけた。

「湯田、海行こう」

スマホ越しに湯田の「ひょえぇ」みたいな叫び声がわずかに聞こえた。

「それはあたしと一緒に買いにいけばいいから……え……あたしと末久根と………赤彫」

俺が当然のようにメンツにいて驚く。しかし前回の教訓からきちんと同行者を確認した湯田は賢明といえる。

湯田が電話越しに何か返している。

「嫌ならはぶく……と言いたいとこだけど、末久根は赤彫がいないと来ない気がする」

こちらをちらりと見ながら言うのでウンウン頷いた。当たり前だ。そもそも発案者は赤彫で俺はついでなのに。

月城は通話を切って「湯田、行くって」と教えてくれた。

「でも湯田、嫌がってたろ」

「ん、でも赤彫のことはいないものとして過ごすから楽しみって言ってたよ」

「赤彫……悲しいな……」

「そう？　なんだかんだ、湯田は赤彫のことそんなに嫌ってないと思うけど」

「え、そうなの？　なんでわかんの？」

「うーん、なんとなく……」

俺が鈍いだけか。同性から見たらわかることもあるのかもしれない。

月城は寝転がっている俺の頭のそばに膝をつき、顔を覗《のぞ》き込んで言う。

「悠、ちゃんと一緒に行くよね？」

「……うん」

「へへ………楽しみ」

ふわっと笑う月城のその顔は、先ほどの電話中とはやっぱり別人のようで、なんだか笑ってしまった。

翌日、月城は水着を買うために湯田と待ち合わせて出かけて、夕方には戻ってきた。

「あたしのはすぐ決まったんだけど、咲良《さくら》のがなかなか決まらなくて……」

今日一日でかなり打ち解けたのかもしれない。月城の『湯田』呼びが『咲良』になっている。

「あの子、注文うるさいんだよねえ。これは露出が多すぎるとか、こっちは子どもっぽすぎて嫌だとか」

ブツブツ文句を言っていたがその顔はどことなく楽しそうだった。高校で再会してからの月城が女子の友達について話すのを聞くのは初めてかもしれない。

「あと、かなり小柄だからいっそジュニアサイズのほうが合うんだけど……胸だけかなりはみ出し気味で、それもまた面倒だった……」

「お……あぁ……」

その情報は反応に困るからいらない……。俺は反応に困り天井の木目をじっと一心に見つめた。こういうとき、モテるイケメンは一体どういう反応をしているのだろう。

なんとなく脳裏に赤彫のイケメン面が浮かんだ。

翌日の正午には、俺は灼熱《しゃくねつ》のビーチにいた。

「……暑い」

京王線と小田急線を何駅も乗り継いできた海は、砂がめちゃくちゃ熱かった。

シートの上でも尻が熱いのはあまり変わらない。そして、容赦なく照りつける陽射《ひざ》しで脳天も熱い。上も下も熱射地獄だった。

赤彫が「あ、来たぞ」と言ってそちらを見る。

月城と湯田が着替えてきた。

月城はシンプルな黒のビキニの上にフード付きの薄手のパーカーを着ていたし、下も水着の上からショートパンツを穿《は》いていた。まったく露出過多ではない。しかし、くびれた白い腹にある形のいい小さな臍《へそ》や、すらりとした太ももの長い脚は十分目立っていた。髪を上にあげているせいでうなじも露出していて全体のスタイルのよさが強調されている気がする。

湯田は白い水着だった。こちらもセパレートではあったが、上も下もフリルが大きめなので、露出は少なく見える。

しかし、胸元にそんな印象を吹き飛ばすサイズのものが付いていた。

古典的な漫画なら俺の目玉が飛び出していただろう。赤彫も湯田を見るなり目を限界まで見開いた。

反射のように「でかッ」とつぶやいて顔面に勢いよく掌底をくらい、「ヘァッ」とウルトラマンのような悲鳴を上げていた。

うかつすぎる……。こいつもしかしてイケメンじゃなかったのか……。

しかし、前情報がなければ俺も口に出していたかもしれない。それくらい不似合いで立派なものだった。

「陽射しが強いんで、末久根《すくね》さんも日焼け止め塗ったほうがいいですよ」

「あ、あぁ……うん」

湯田が話しかけてくるがさっと視線を逸《そ》らした。よそよそしくなってしまう。

「あれ？　末久根さん？　末久根さーん？」

やめろ。見ていると思われたくないのに。そんなものすごいのがついていたら視線をどこに持っていったらいいかわからんじゃないか。

「暑すぎるから……俺、海入ってくる」

とりあえず逃げ出すことにした。

「いってらっしゃい」

月城に手を振られて、俺は塩っ辛くて広大な海に身を沈めた。

少し潜って顔を上げると、ビーチではまだ月城と湯田がお互いに日焼け止めをヌルヌル塗りたくっていて、微妙に卑猥《ひわい》な絵面だった。近くで赤彫がナンパ除《よ》け要員として居座っているのが見える。

やがて、全員海に入ってきた。

意外だったのは湯田がかなり泳ぎがうまかったことだ。結構華麗にザブザブ移動している。

月城《つきしろ》が浮き輪でぷかぷかと浮きながら追いかけてきた。

「月城、もしかして泳げない……？」

「いや、得意じゃないけど……十メートルくらいなら泳げるもん。でも、海って、あまり泳ぐものじゃないと思って……」

月城は少し恥ずかしそうに、よくわからない言い訳をボソボソとこぼす。

「……悠、手、繋《つな》いでて」

「うん」

こちらとしても沖に流されたり、溺れたりされたら困る。もう少し浅いところに移動したほうがいいかもしれない。

手を伸ばし月城を見ると、真正面に胸があり浮き輪の上にデデンと乗っていた。

俺はギョッとして反射で出かかった言葉を「で……」で止め呑《の》み込んだ。ウルトラマンにはなりたくない。

でかい。こいつもでかい……。これは、女だ。

忘れていたわけではなかったが思い出したような気持ちでギョッとする。

湯田のような身体バランスに反する規格外なサイズではないのだが、着痩せするタイプ

なのか、想定外のものがそこにあった。頭の小ささや肩幅とのバランス、腰の細さなんかで余計に大きく感じられるのだろう。

黒い水着が白い肌を引き立てていて、なにやら眩《まぶ》しい。

鎖骨に滴が付いていて、そこから綺麗《きれい》な谷間に向かって流れるように水痕がついていた。浮き輪に乗っかって少し潰れているし、水着で固められているのだろうから実際はわからないが、白く丸いそれは、なんとなくすごく綺麗な形に見え……いや、やめよう。俺は紳士であろうとそこで思考をやめた。

自分だってちんこのサイズを見られて、服を着ているときの印象と違うな……とか、形状のバランスがなかなかいいとか悪いとか、そんなことを思われたら嫌なのだ。セクシー女優だとかそのへんを生業《なりわい》とした人に思うのは自由だが、友達の体をどうこう評価するのはよろしくない。よろしくないが、脳には夏の思い出の一ページとして、しっかり焼きついてしまった。走馬灯の一枚くらいには出てきそうだ。

少し離れたところで湯田《ゆた》がキャッチボールをしようとしたのか、赤彫の顔面にビーチボールをぶつけていた。

少し遊んだら、ビーチで休んで水分補給をしてまた四人で海に入った。

今度は月城と湯田が二人で浮き輪に摑まり、波にわざと流されて遊んでいた。

なんだかんだ海、楽しい。

自宅からやや離れているので、そんなに頻繁に来る場所ではない。でも、身体感覚は海のことを覚えていた。

海水のどろっとした感触や、陸に上がったときの重力が変わるようなズシッとした感覚はどこか懐《なつ》かしい。波が面白いし、空も広い。大自然のスケール感も、日常から少し離れたような清々《すがすが》しい気持ちになれる。

「お腹《なか》減ってきた」

誰かが言い出した。

昼飯は来る前に途中駅で腹に入れてきていたが、水の中にいると腹が減る。そういう場合、もともとは近くの海の家で焼きそばでも買って食べる予定だった。

しかし、その日の気温が高すぎて危険を感じたため、結局引き上げることになった。

ビーチで食事はせずに、駅までの途中にあったボロいラーメン屋に全員で入った。

これは飢えに耐え切れなくなった湯田の提案であったので、女子が入る店かどうかを気にせずにすんだ。

麺が太めのこってり豚骨醤油《しょうゆ》ラーメン、味玉のせ。それから餃子《ぎょうざ》。

「泳いだあとのラーメン……うめえ」

「塩分が沁《し》みるな……」

赤彫《あかほり》と心からの感想を漏らし合う。これを食うために海に行った気さえする。脳が痺《しび》れるうまさだ。おまけに店内はエアコンがガンガンにきいていて、癒《いや》される。

少し薄暗い店内のテレビでは高校野球が流れていた。

俺の位置からだと見えないので音だけが聞こえている。

水から上がったあとのゆるい倦怠《けんたい》感も手伝い、どこかけだるい夏の午後だった。

目の前では月城と湯田がずっと話をしていた。

前回はさほど見られなかった光景だ。

「なんか……仲良くなってるな」

もともとは月城が俺と仲良くなりたいとかいって、それに湯田と仲良くなりたい赤彫が乗った話だったはずが、想定外の組み合わせが親睦を深めている。

電車に乗って帰宅途中、先に赤彫と湯田が降りていった。そういえば中学が同じとか言っていたし、最寄り駅も同じなのだろう。

俺と月城は四つ先の駅。扉近くのスペースでまだ電車に揺られていた。

「俺、月城はクラスの女子とは友達にならないって決めてるのかと思ってた……」

「え、何が？」

「いや、湯田とめちゃくちゃ仲良くなってたから」

「え、だって……咲良《さくら》面白いんだもん」

月城はなぜかふてくされたように答えた。

「いや、いいと思うけど」

月城にそんな友達ができて俺も嬉《うれ》しい。

「あたし、人間関係構築するの、すごい苦手でさ……だからこうなっちゃったの」

「どういう意味だ？」

「んん……あたし、昔は全方位に気ぃ遣うタイプで、人に嫌な顔できなかったんだよね」

「そうだった。覚えてる」

俺の記憶の中の月城はそうだった。

気が小さくて、優しい子。なぜ、今のマイペースでクールな月城になったのか、気にならないでもない。

そう思いつつも特に催促はしなかったが、やがて月城はぽつぽつと、中学時代のことを話し始めた。

月城は中学時代に雑誌のモデルの仕事を始めた。

その影響でそれまでの地味に見えるような髪型や、顔つきや表情も変わったのだろう。そのころから急激に目立つ存在となった。そうしていると男女共に寄ってくる人間は多く、また増えていった。

関わる人数が増えると、人間関係のねじれは大きくなる。

そのころからモテていたので、愛想《あいそ》よくしていると男に勘違いさせることが多く、よく告白をされていた。角が立たない断り方を探すとうまく伝わらないこともあった。そこから女子の友人関係が乱れたこともある。

恋愛が絡《から》まない女子同士でもどこの派閥に与《くみ》するか、目立つ女子である月城を引きこみたいあちらとこちらの両方から勧誘されて、結局両方に嫌われたりもした。

中三でクラス替えがあり、面倒になって今の全方位にそっけない対応にしたら、なんだかうまくまわってしまった。

もちろん無愛想なことで敵を作ることはあるが、八方美人に愛想よくしていたときよりその数はずっと少なく感じる。自分的にも人に媚《こ》びて合わせていたときより気楽だと感じたという。

「こんなこと女子には言いづらいし、人にちゃんと言うの初めて」

月城はそう言って、へへ、と笑う。

俺は、月城が変わった理由が思った以上に不器用で、何も言えなかった。つねづね、美少女に生まれたら人生緩くて楽そうだなと思っていたのに。どんな容姿に生まれても、立ちまわりがうまくないと結局生きづらいものらしい。

そして同時に、こいつも人間なんだなと、妙な感心をしてしまった。

「ついでに恋愛は他人のに巻き込まれることが多くて、わずらわしいなーって感じてて、消極的だった……だからなんで悠《ゆう》にはすぐ付き合いたいなんて言っちゃったのか……自分でもびっくりした……」

月城は電車の扉の窓から外を見ていたが、ふいにこちらを向いて笑った。

「でも、もし悠が友達でなく彼氏だったなら、この話もやっぱり、言えなかった気がするし……ゆっくり仲良くなれてるの、嬉しいな」

月城の言葉に少し腑《ふ》に落ちないものを感じて言う。

「……でも、どっちだとしても俺は俺だろ」

「んーん、あたしは、どうでもいい人のことは気にしないって決めたけど、根が人の顔色窺《うかが》うタイプではあるから……彼氏ってなると、モテて困ってたとか、女子に嫌われたとか……そんな内容、いろいろ考えちゃって言えない気がする」

肩書き程度でそんなに話す内容が変わるものだろうか。そう思うが、俺とて月城《つきしろ》と複数での遊びや近所のスーパーへは行けるが、デートという名前のある観念に当てはめると途端に怖気づいてしまう。似たようなものかもしれない。

電車を降りて、家までの道をてくてく歩いていると、ずっと黙っていた月城が、思い切ったように口を開けた。

「そういえばさ……悠」

「うん？」

「その……水着……どうだった？」

「え……えぇっ、今それ聞くのか？」

月城は頬を赤らめ、微妙に口元を隠してコクコクと頷《うなず》いた。

まさか、うまくすり抜けた試練をいまさら与えられるとは思っておらず、言葉に詰まった。

スタイルがいいだとかは微妙にセクハラめいている気がするし、エロかったとか、もってのほか。

水着の感想とか、どんなんでも言ったらセクハラになりはしないか……。そして頭の中は見事にセクハラめいた感想しか見当たらなかった。

俺は脳内でセクハラにならぬ感想をなんとか検索した。

そしてついにみつけた。

そうだ。これだ！

これなら大丈夫だ！

「可愛《かわい》かった」

「……………んぐッ」

うめいた月城が両手で顔を覆い、走って先に行ってしまったので、また言葉選びを間違えたことを知る。俺は一体、何を言えばよかったのだろう。

＊　＊

夏の夜。二十二時過ぎ。

キッチンで麦茶を飲んで部屋に戻ろうとしていると、月城が財布を持って玄関を出ようとしていた。

「あれ、どっか行くのか？」

「ちょっと、コンビニ」

「……俺も行く」

「えっ」

月城がこちらをぱっと振り向いた。

「買いたいものがあるから」

「うん」

月城が小さな声で「やった……」と言って、一緒に外に出た。

道路には夏の夜の生ぬるい風が吹いている。静かで薄暗い住宅街を抜けると信号があって、その先にコンビニの看板が光っていた。

入店すると月城はパックのミルクティーとシャーペンの芯を購入し、すみやかに買物をすませてしまった。

「悠、何買うの？」

「えっ」

夜中に不良少女のようにフラフラ出歩こうとしている月城のことが、なんとなく心配になりついてきただけなので、買いたいものなんてなかった。

目につくところに花火のセットがあったので、それを買ってお茶を濁した。

「それを買いたかったの？」

「……そうだよ」

「それ……いつやるの？」

思ったより食いついてきている。

「ええと……」

「誰かと約束してるの？」

なぜそんなに花火ごときにつっかかってくるのだ。俺の手元の花火をどこかジトッとした目で見ている月城を見て、単純な結論に思い当たる。

「……帰ったら一緒にやる？」

月城は花火がしたいのかもしれない。

「え…………あたしと？」

「うん」

「やりたい」

即答した月城に確信を深める。それから俄然《がぜん》テンションを上げた月城に腕を引かれてコンビニを出た。

帰宅後、台所の戸棚からチャッカマンを取り出した。それからもらいものなのかなんなのか、ずっと未開封のまま置いてあった橙色《だいだいいろ》のぶっとい蝋燭《ろうそく》も持って庭に出た。

蝋燭はアロマキャンドルだったらしく、火をつけると甘い匂いがした。

庭に転がっていたバケツに水を入れる。

しゃがみこんでいた月城が待ち構えていたように手を伸ばす。

「いいかな」

「うん。どうぞ」

月城が適当に一本取り出して、火をつける。しゅわしゅわと音を立てて色付きの炎が噴射していく。あたり一面に煙の匂いが立ち込めた。

「わぁ」

月城が小さく声を上げる。

「俺、久しぶりかも」

自分も一本取り出して火をつける。炎の色が三色に変化していく。

何本かやって、新しく手に取ったら月城がちょうど終わったらしく近くに来たのでそのまま渡した。

「ありがと」

そう言って月城がすぐ近くで花火に火をつける。口元が緩んでいて、楽しそうだった。

花火に夢中になっている月城の横顔は炎に照らされて綺麗《きれい》だった。

目、でかいな……。鼻と輪郭の形も作り物みたいだ……。しみじみそんなことを思っていると、月城が急にこちらを向いたので、顔を付き合わせた。

「……なに？」

「えっ」

「すごく……見てたから」

しまった。自分がうっかり至近距離で凝視していることに気づいていなかった。

以前ならそんな行動は気持ち悪がられると思ってやらなかった。月城に慣れてきたせいか、すっかり油断してしまっていた。

「そんなに、見られたら……ちょっと恥ずかしいけど……」

それでも月城は不快感を表明する感じでもなく、モゴモゴしながらまじまじとこちらを見つめ返してくる。

視線がまっすぐかち合って、少しつり目がちの大きな瞳が真正面にあり、なぜだかそこから動けなくなった。

月城も瞬《まばた》きを忘れたかのように、まったく動かずに、じっと俺の目を見ている。

見つめ合っている間も月城の持っていた花火は、しゅわしゅわと弾《はじ》ける音をさせていたが、やがて燃えカスがぽとんと落ちて、辺りがふつっと暗くなる。

一瞬で濃くなった暗闇と沈黙に支配される。

数秒のちに薄闇に目が慣れてきて、彼女の顔が見えてきた。

薄闇の中でぼんやりと見える彼女は一枚の絵画のようで、煙の充満する中、どこか現実感に乏しかった。

見ているとその瞳が何かの合図のように、ゆっくりと閉じられた。

そのまま彼女はゆっくりと、顎をわずかに上向けた。

作り物みたいな顔に、やわらかそうな唇がついている。

そこに視線をロックさせたまま、顔を近づけていく。

頭がぼんやりしたような感覚。

あれ？

何やってんだろ、俺。

頭の隅にわずかに違和感があって、何かおかしい気もした。

それでも謎の吸引力に吸い寄せられる。

そっと顔を近づける。

お互いの呼吸の温度がわかるくらいの距離に——。

カラカラ。

窓の開く軽い音がして、俺は弾けるようにのけぞりながら、即座に一メートルほど月城から距離を取った。我ながら忍者のような動きだった。

窓を開けたのは父だった。

「花火か……いいな」

小さな声でそれだけ言って庭に出てきた。

俺は尻餅をついた体勢で、両手を後ろの地面についていた。

心臓がまだばくばくと波打っている。

父は花火に火をつけ「ふふっ」と笑い、一本だけ楽しむと「ウン」とだけ言って去っていった。

俺はその間無言で父を凝視していて、月城のほうを一度も見れなかった。

ようやく横目で見た月城はこちらを向くことなく、黙って新しい花火に火をつけていた。

「ごめん」と謝るのも違う気がするし、さきほどの行動に言葉で触れるのは藪蛇《やぶへび》な気がした。

気を紛らわすように、自分も花火に手を伸ばして火をつけた。

手に持った花火はブシャシャー、と派手な音を立てて飛び散っていく。でもなんだか、すっかり花火に気が入らなくなっていた。

さっき至近距離で見た月城《つきしろ》の瞳や唇の形が、花火より鮮やかに脳裏に焼き付いていた。

俺と月城は無言で残った花火を一本ずつ燃やしていく。終わるころには、辺りは煙で白くけぶっていた。

「終わっちゃった。……楽しかったね」

何気ない口調でそんなことを言う月城を見ていると、本当にさっきの一瞬は存在しなくて、夢を見ていたかのような感覚にさせられる。

立ち上がって伸びをした。

「寝るか」

「あたしはもうちょっと勉強してから寝る」

「マジかよ……」

「おやすみ」

「うん。おやすみ」

部屋の前で別れて、ベッドに沈没した。

さっきのは本当になんだったのだろう。

危なかった。もし父の登場が二秒遅かったら、完全にしていた気がする。

なぜあんなことをしようとしたのかは、わからない。俺は、もしかしたら月城もきっと、夜と花火でぼんやりしていた。

あの瞬間、俺と月城の間には夏の魔物のようなものがいたのかもしれない。

＊　＊

夏休みはまだまだ続く。

俺は暇な午前中にサブスクで次に観《み》る映画の候補を片っ端からマイリストに入れていた。

超有名作だけでもまだ観ていないのがたくさんある。宝の山としか言いようがない。

今回はイラン映画が多めになった。イラン映画は児童が主役の映画が多めなので、ほのぼのだとかしみじみしたいときにとてもいい。

リスイン作業を終え、満足していると赤彫《あかほり》から電話があった。

「おう……どしたの」

「おれは湯田《ゆた》と会いたい」

「はぁ、そうなんだ……」

「一緒に夏祭りに行きたいんだよ……」

だいぶ聞き覚えのある会話に「……ちょっとまて」と言って部屋を出た。

隣の部屋をノックする。出てきた月城に無言でスマホを渡した。

「……これ赤彫？」

察しがよくて助かる。頷《うなず》くと月城はスマホを耳にあてた。

「……はぁ。期待しないでまってて」

通話を切った月城は自分のスマホを手に取った。

夕方過ぎには月城が張り切った母によって浴衣《ゆかた》を着せられていた。

「まぁまぁまぁ！　本当に可愛《かわい》いわぁ！　何着ても似合うんだから！」

母の所有物である赤い浴衣は、最初に見たときは古くてボロい布切れに見えたが、月城が着ると途端に上質な浴衣に見えた。

母がパシャパシャと写真を撮る。

「悠《ゆう》、どう？　最高過ぎない？」

なぜか本人より誇らしげな母に、ニヤニヤされながら感想を求められる。

「……いいと思います」

「もっとちゃんと！　具体性を持って！」

「鮮やかな赤に、金魚の柄もなんか素晴らしく……大変に躍動感があり……」

「褒めるとこそこじゃないでしょ！」

中身を褒めろとは言われなかった。そもそも親の前でそんなことを素直に言うと思ってんのか。

「碧《あおい》ちゃん、しょうもない息子でごめんねえ」

はいそうですねとも答えづらい月城はくすくすと笑った。

「悠、ちゃんとボディガードするのよ！」

「わかったわかった」

玄関を出た。

外は昼間の熱気が夕方の風に少しだけ冷やされてきている。

待ち合わせ場所には飢えた野犬みたいな動きの赤彫がウロウロしていた。

「おまたせしましたー」

こちらも浴衣の湯田が到着した。そして月城を見るなりはしゃいだ声を上げる。

「わぁわぁ！　碧さん可愛い！　可愛いですね。写真撮ってもいいですか？」

「うん」

「あ、俺撮るよ。かして」

湯田は手のひらをこちらに向け、首を思い切り横にブンブン振る。

「いえ、私は写らなくていいのです」

そう言って自分のスマホで月城をカシャリと写した。

「え、なんで」

「もともと私は写真は苦手なのです……それに、こんな可愛い人と並んで写る度胸がありません」

断固として断られた。女心は複雑だ。

「湯田の浴衣も可愛いよ。いやむしろ浴衣の湯田が可愛いよ。途方もなく可愛い。すげえよく似合ってる」

赤彫が前回の水着の失敗を挽回《ばんかい》するかのように懸命に褒め始めた。

しかし語彙に乏しく、ただ『可愛い』を連呼しているだけの非常にＩＱの低い褒めであった。浴衣の湯田を前にして、イケメン力の低下が窺われる。それに対して湯田はフンと鼻息を漏らしてうつむいたが、これは怒っているのではなく照れているように見えた。

「なんだかんだ湯田は毎回来てくれているよな」

感謝を込めて言ったのに、湯田は少し口を尖《とが》らせた。

「レアキャラが揃《そろ》い過ぎていますゆえ、庶民キャラの私は社会的には参加しにくい部分も

あるのですが……それでも碧さんとは遊びたいのです」

そう言ってから嬉しそうな顔で月城を見上げる。月城はちょっと笑って湯田の頭を撫《な》でる。赤彫がそれを羨ましそうに見ていた。

祭りの会場である大きな公園の中央にはやぐらが設置されていて、盆踊りの曲に合わせて近所の人たちが踊っていた。太鼓の音が腹に響く。

緩く見ながら歩いていく。

途中じゃがバターと焼き鳥を買い、端のベンチで全員で食べた。

月城がヨーヨーを掬《すく》い、湯田が狐《きつね》のお面を買った。赤彫が射的でかっこいい働きをしたが、湯田はあまり見ていなかった。

少しして、湯田が言いにくそうに言う。

「すみません、少し座ってもいいですか」

「咲良《さくら》、どっか具合悪いの？」

「そういうわけではないです。ただ……下駄《げた》が慣れないもので……」

近くのベンチが空いたので湯田を座らせる。湯田の足は親指と人差し指の間が赤くなっていた。

「咲良、絆創膏《ばんそうこう》持ってきてる？」

「いえ……」

「あたしも今日は財布とスマホで巾着パンパンだったからなぁ……忘れてた」

少し離れたところにコンビニがある。

「んー、そしたら俺、買ってくるからそこでまってて」

「あ、じゃあおれも」

「赤彫はいたほうがいいだろ。ここもナンパとかいるし」

俺はひとり、祭りの会場を抜け出してコンビニへ向かった。祭りに便乗して駐車場にフランクフルトなど出して、コンビニも張り切っていた。

無事絆創膏を調達した俺は帰り道の途中であんず飴《あめ》の出店をみつけた。前で立ち止まってひとつ買う。

じゃんけんで勝ったからもう一本。

「おかえりー」

「ただいま。はいこれ絆創膏」

「ありがとうございます」

「あとこれ、月城《つきしろ》好きだろ」

そう言ってあんず飴を渡す。

「え、ありがとう」

受け取った月城は少しキョトンとした顔をしていた。

「ふふ……碧さん、あんず飴お好きなんですか？」

月城は「え、うん……？」と言って首を捻《ひね》る。

そのままぱくりとかじって飲み込んでからはっとした顔をした。

「あ！　小四のとき好きだった……！」

「え……」

「忘れてたけど……すごく好きだった」

通りすがりになんとなく、月城の好きなやつだなと思って買ったけれど、それは数年前のデータだったらしい。自分では意識してなかったが、脳が覚えていた。

しかし、月城本人はもう忘れていたらしい。

「覚えててくれて嬉《うれ》しい……ありがと」

なんだか無性に恥ずかしくなってきた。

「湯田《ゆた》も食べる？」

「いえ、私はもう満腹なので……お気持ちだけいただきますね」

そう言われたので、遠慮なく自分で食べた。

勢い大口でかじりついたあんず飴は、口の中いっぱいに甘くて酸《す》っぱい。

＊　＊

夏休みも終盤に入り、月城は一週間位の予定で、両親がいるフランスに行った。

その翌日に赤彫《あかほり》が家に遊びにきた。親は仕事でいないので、リビングに菓子を広げてだらけていた。

「お前夏休み、毎日何やってんの」

「カフェの給仕《きゅうじ》」

「へー、なんかわからんけどイケメンぽいな」

「ひでえ感想だな」

赤彫は地元の駅前のカフェでバイトをしているらしいが、それ以外はわりと暇なようだった。なぜなら月城同様、赤彫もクラスにあまり同性の友達がいないからだ。

学年単位だとそうでもないが、うちのクラスは陰キャの男が多いせいだ。多くの陰キャにとって赤彫のような、ルックスがよくて明るいモテチャラ陽キャは忌避の対象になる。

蛇川《あぶかわ》なんかも悪気なく、自分とは別ジャンルの人間として話す気のなさを見せている。

俺が平和な中学時代を経て気づいたのは、いろんなものを兼ね備えた真の陽キャ、光の陽キャは陰キャのことをなんとも思っていない。むしろ自分に自信がある分、分け隔てがない。

なお、中途半端《ちゅうとはんぱ》な陽キャもどき、いわゆる陽キャ志願のキョロ充《じゅう》はこの限りではない。境目にいる彼らは必死な分しっかりと陰湿なところがある。これと光のイケメンの区別がつかないとイケメン風の男はもれなく敵となってしまう。でも世の中はそんなに荒《すさ》んではいないのだ。

少なくとも赤彫は女にモテてもそのほかは善良な光の陽キャだ。イケメンを自覚しながらも誰を馬鹿にすることもなく、謙虚さもそこそこ持ち合わせている。

「末久根《すくね》、月城さんと、ちゃんと友達やれてるのか」

「んなこと言われても……よくわからんよ」

友達をちゃんとやれてるかなんて普段意識したことがないのでわからない。

知り合いと友人の差だって感覚的なもので曖昧だ。

「まぁ……普通に話してはいるな」

そう答えると赤彫はニヤッと笑った。

「月城さんがお前と友達になりたいって言ってきたときは一体どうなるだろうと思ったけど、よかったなー」

「そりゃ、お前はな……」

どさくさ紛れに自分の意中の女とお近づきをはたした男を細めた目で眺める。

「いや、お前にとっても、その偏見に満ち満ちた女性不信を直すいい機会じゃないのか」

「そうかなぁ」

「……実際、なくなってきた？」

「いや、月城は苦手じゃないけど……あと湯田も大丈夫だけど……お前の周りにいるようなのはまだ苦手だな。分量でいったらそんな変わった気はしない」

「それ、親しくなれば偏見なくなるってだけじゃないか」

「うーん……」

確かに、前は月城も苦手なタイプの筆頭だった。個々の人間性を知ると偏見はなくなるのかもしれない。しかし地球の半分を占める女子全員と親しくなることはまずないので、女性全般への感覚が変わる日はやはり来ないかもしれない。

菓子をつまみながらだべっていると、母が帰宅した。

「あらぁ！　赤彫くんいらっしゃーい」

赤彫はイケメンなので、入学式で見ただけのくせに、しっかり覚えている。なお、ほかの友人は顔も名前も覚えていないことが多い。

「今日もいいオトコねえ」

「ありがとうございます」

母の、できたらやめてほしい余計な一言にも赤彫は如才なく笑顔で返す。湯田が絡《から》まない赤彫はよくできたイケメンである。


たったの一週間だ。

でも、月城がいない一週間は、なぜだか妙に長く感じられた。

俺はずっと、いつも通りに過ごしてはいた。

虻川の兄ちゃんのインドカレー屋にも遊びにいったし、映画も観《み》た。

赤彫と連れ立ってゲーセンにも行ったし、及川《おいかわ》の家に数人で集まってポテチを食いながら大乱闘をやって、そのあと藪雨《やぶさめ》お薦めのアニメ映画『王立宇宙軍　オネアミスの翼』を観たりもした。ふざけて大笑いもしたし、くだらないことを真剣に議論もした。

気楽で楽しい日々。何も不満はない。だいたい以前と同じ生活が流れていた。

高校で月城と会わなかったら、俺はずっと、こんな世界線で生きていたんじゃないだろうか。

水曜日の午後、出勤準備をしている母親がキッチンから大声を出す。

「悠《ゆう》、ちょっと図書館の本返しといてくれないー？　そこに積んであるから」

「うっへ、こんなにかよ？」

「面白そうで、行くとつい借りちゃうのよ。でも一冊しか読めなかったわあ……」

ソファの前にあるローテーブルには読む時間もないのに借りた本が山積みになっていた。

「じゃあ自転車借りるよ」

「はあい。お願いねー」

ブックサ言いながらも、暇なので言われた通りに家を出た。

「あれ」

図書館前で月城に似た人影を見つけてドキッとして目を留めた。

こんなところにいるはずがないし、夏休みなのに制服を着ている。

だからすぐに別人だと気づく。

月城は脚が長くて頭が小さい。あまり似たスタイルの女子はいない。

よく見れば似ているのは髪の長さと制服くらいだった。

俺は自転車を駐《と》め本を返却し、そのままひんやりとした図書館で時間を潰した。

たったの一週間だ。

けれど、不思議と長い一週間が、やたらともったりと流れていた。

俺は家に帰って、昼飯を食べることにした。

もう母親も仕事に行っていて、誰もいない。家にあるのは冷凍食品のピラフ、パスタ、袋麺、それから食パン。少し迷って、結局棚で発見した素麺《そうめん》を茹《ゆ》でることにした。

鍋に沸いた湯がぼこぼこと泡を立て始める。

見ていたら、月城が出る前日の夜のことを思い出した。

夜中に腹が減って袋のラーメンを作っていたら、たまたま月城が起きてきたのだ。

「何してるの？」

月城はダイニングテーブルに腰掛け、両方の手で頰杖《ほおづえ》をついて聞いてきた。

「腹減ったからラーメン作ってる。月城も食う？」

「やだよ……太るもん」

そう言われて普通にひとり分丼《どんぶり》に移した。

食べようとしたところにつぶやき声が聞こえる。

「……おいしそう」

「え、食わないんだろ」

「おいしそうなのと、体重管理は別……」

本当は食いたいんかい。

「半分にする？」

「え、いいの？」

「俺だって体重管理中の人にじっと見られながらだとだいぶ食いにくいし……」

「悠と半分なら……食べる」

半分にして一緒に食べた。

誰もいないキッチンのダイニングテーブルに視線をやると、そのときの光景がぼんやりと脳に再生された。

俺は雑に作った素麺をひとりで雑に食べた。食べてる最中に窓の外の道路から、小学生男子がはしゃぎながらガチャガチャ走っていく音が聞こえた。「えー、どっちがいいんだよー」という言葉だけが聞き取れたあと、足音と共にすぐ遠ざかった。

俺はすることもなく、また何をする気にもなれず、リビングの床に転がっていた。

壁にかかった時計の秒針の音だけがやたらと聞こえる。

ここ最近は月城《つきしろ》がずっと同じ家にいた。

同級生女子が同じ居住空間にいれば、それなりに気を遣うことはある。排便のタイミングだとか、風呂《ふろ》だとか、着替えだとかも。以前はなんとも思わなかった、父親による突然の放屁《ほうひ》だとかも、彼女が近くにいると少し苦々しい気持ちになった。だからその緊張状態が当たり前になっていて、突然弛緩《しかん》したからだろうか。妙にスカスカした気持ちになる。いたときは気がつかなかったけれど、いつの間にか、いるのが当たり前になってきていたんだろう。

床が陽の光で窓の形に切り取られている。その境界線をぼんやり眺める。陽が落ちてきて、部屋が一段階薄暗くなる。夏の終わりが近づいているのか、夕方になると秋の虫の声がするようになった。

開けた窓から風が通る。ぼんやりしているうちに睡魔に襲われた。

夢の中で俺は小学生だった。途切れ途切れの夢の中で、誰かと遊んでいた。夢の景色は思い出せない記憶のようにうっすらと霞《かす》んでいた。

「ただいま」とどこか遠くで小さな声が聞こえて、それに「おかえり」と返した気がする。

目を開けたとき、異変に気づいた。首を捻《ひね》ると月城の顔がすぐ上にあった。おまけに俺の頭は月城の太ももの上に乗っていて、硬直した。

月城は自分の耳に髪をひっかけながら呑気《のんき》に声をかけてくる。

「あ、悠、起きた？　まだそのままでもいいよ」

「あの……ひとつ、聞いてもいいか」

「なあに？」

「これ……なんなんだ……」

「え、あたし、さっき帰ったんだ」

月城はケロリと答える。

「うん。おかえり……」

「そしたら悠が寝てたから、そばで座って見てた……」

「う、うん。そこまではいい……そこからどうなるとここに頭が着地すんだ？」

「あのねぇー、途中寝返りうった悠が枕かクッションと思ったのか、膝に頭乗せてきた……へへ」

「いや、のけろよ……」

「やだよ。ちょっと嬉しくて……ずっと眺めてた」

「いったい何がうれ……のゴっ!?」

月城が急に俺の頭をガバッと抱えるように覆《おお》い被《かぶ》さってきたので、やわらかいものが耳の上を圧迫した。

「……な、なにごとだよ！　その体勢……頭になんかあたる……！　まて！　はずせ！」

思ったよりずっしりとした重量を感じる。そして温かい。

重なった体温で耳の辺りが熱を持ち始めて、接触面がじんわりと湿ったような感触になる。まずい。なんかまずい。

「月城！　俺の耳に！　耳に……おっぱ……何物かがだな……！」

耳が塞がれているので自分の声が籠ったように響く。月城はぴくりとも動かない。

「な、なぁ、聞いてるのか？　つきし……」

「……会いたかった」

小さい声で言われて、黙った。月城がどんな顔をしているのかは見えない。

窓からさぁっと風が入ってきた。

「…………俺も」

ものすごく小さな声で言ったから、聞こえたかどうかはわからない。

でも、聞こえてなくてもいいやと思った。

俺は夕方と夜の境目に、温かい胸の感触と夏の終わりを感じていた。

秋の章

夏休みが明けて、学校が始まった。

俺は休み中も会っていた友人連中とふざけて笑い、久しぶりに会った級友と夏休み中の話をして過ごしていた。

教室の月城は、ひとりで頬杖をついて文庫本を読んでいる。愛想《あいそ》もないのにたまに話しかけられて、それにそっけなく答えている。なんだか懐《なつ》かしいような光景が繰り広げられていた。

以前なら単純に、あいつは相変わらず感じが悪いんだな、と思ったかもしれない。それは今見ると少し寂しげにも見えた。休み中に笑った顔をたくさん見たからかもしれない。

教室はざわめきに満ちていて、夏休みは全て幻だったんじゃないかと思える。

夏休み中にそれなりに砕けたように思えた俺と月城の関係も、学校が始まると少しだけリセットされたような感じがした。


朝、家を出る時間になっても月城の姿がなかった。

「月城ー、月城いるかー？」

部屋の扉をコンコンやりながら声をかけると数秒後に扉が開いた。

「……完全に寝坊した」

「ええ、珍しいな」

「寝る前にネットの怖い話まとめ見てたら明け方になってて……そこから怖くて眠れなかった……今度から寝る前に寺生まれのTさんを思い浮かべて全部退治させる」

「なんかわからんが今度からそうするといい……」

月城はそのままふらふらと部屋を出て、洗面所に入っていった。

玄関の下駄《げた》箱脇でそのまま座って待っていると、月城が通りかかった。まだシャツはスカートの外に出ていたし、靴下も履いていない。さほど急いでいる様子はなかった。

月城は俺を見てギョッとしたように足を止める。

「あれ？　悠《ゆう》、出ないの？」

「え？」

「あたし遅刻するから、先行っていいよ？　悠まで遅刻しちゃう」

「え、あぁ……」

言われてよく考えたら朝は一緒に行く約束をしていたわけではない。出る時間が同じだからそうなっていただけだ。なぜか当然のように待ってしまっていた。

玄関を出た。少し出遅れたけれど、自分ひとりだと若干歩調が速いので、遅刻はしないだろう。俺は緊張感のない通学路をひとり歩いて、校門をくぐった。

月城は一限の途中でしれっと入ってきた。教師が授業を止めて言う。

「月城、遅刻か」

「昨日遅かったので……寝坊です」

月城はけだるげな顔で、そっけない口調で答えて席に着いた。

休み時間に赤彫《あかほり》が来て、世間話みたいな感じで聞いてくる。

「なぁ、月城さん、どうしたんだ？」

「なんかあの人明け方まで怖い話見てたらしいぞ……」

「そうか。いや、さっき女子が、月城さんは昨日年上の彼氏のところに行って朝帰りだったらしいって噂《うわさ》してたから」

「確かにそっちのほうが似合うが……」

今、月城は机に突っ伏して睡眠を補充しようとしている。そんな姿さえも、だらしないというよりはクールで人を寄せ付けない孤高の空気感を醸《かも》し出している。

月城は昼休みになるとどこかへ消えていた。放課後も気がついたときには帰っていた。

俺が家に戻ったときにはすでに部屋に籠っていて、夕食時に母に起こされ食事を取ると、また部屋に籠った。何をしているのかはわからない。

俺は母親に皿を洗わされたあと、しばらくリビングにいたけれど、やがて自室に戻って映画を観《み》た。

次の日は普通に一緒に登校した。

月城は校門の手前辺りで「じゃあ」と言って俺に小さく手を振った。

教室では目が合うことも、話すこともない。下校は特に連絡がなかったので別々。家に帰ってからは個々の部屋で過ごす。たまにキッチンで鉢合わせすれば飲み物を飲む一分間くらいは同じ空間にいたが、それが終わればまた部屋に戻る。

少し疎遠になったように感じられた。

しかし、よく考えたらそれは一学期と変わらない、当たり前の日々だった。だからたぶん、変わったのは俺の感覚のほうだ。今より若干親密に過ごした夏休みがあったせいでそう感じられるのだろう。

＊　＊

十月に入ると放課後に文化祭準備が始まり、うちのクラスは劇をやることになった。

演目は『雪の女王』。放課後にキャストを決めていた。

「私、雪の女王は月城《つきしろ》さんがいいと思う」

「ピッタリだよね。賛成！」

「有名人が主役とか、他所《よそ》のクラスじゃできないもんね！」

「じゃあそれで決まりね。いいかな？　月城さん！」

強引に決まりかけたとき、月城が口を開いた。

「やらない」

一瞬で教室の空気が冷えた。

学級委員の吉田《よしだ》が立ち上がって少したしなめるような口調で言う。

「……月城さん、そう言わずさ。みんな期待してるんだから……やってもらえないかな？」

月城はにべもなく返した。

「やらない、って言った。裏方ならやるよ」

周りはしんとしていたが、やがて演劇部の女子が「あのー……私がやってもいいかな?」と言って、その場はなんとなく鎮静化した。


普段は何かそっけなくても「クール」ですまされていた月城だったが、今回はクラスの女子の反感を買ってしまったのかもしれない。次の日の昼休みに、教室の壁際《かべぎわ》に女子のひとかたまりがいて、聞こえよがしに月城の悪口を言っているのに気がついた。

「ひどい」とか「さすがに自分勝手」「協調性がない」だとかそんな単語が漏れ聞こえる。月城は聞こえているのかいないのか、いつも通りの顔でまだ前の授業のノートを書き留めている。

無性に腹が立ってきた。

入学当初、月城は周囲を小馬鹿にしている達観した女子だと思っていた。今だって聞こえているだろうに、すました顔を決して崩さない。

けれど、俺の頭にはなぜだか小学生のころの気弱で泣いてばかりだった彼女の顔が浮かんだ。

「なんかあの人調子にのってない?」

そんな言葉が聞こえたときにプツンと怒りが弾《はじ》けて、苛立《いらだ》ち紛れに大きな音を立てて立ち上がった。

「くっだらねえ」

その声は、ざわめきの合間を縫って教室中に響いた。

固まっていた女子の集団に向かって大きな声で言う。

「勝手に決めて、やりたくないやつに無理にやらせようとして、何が協調性だよ」

悪口を言っていた女子だけでなく、教室中がしんとしていた。

そんな中、ぽかんと目を見開いてこちらを見ていた月城のところに行って言う。

「月城、昼飯行こうぜ」

「え……うん」

そして、怒りのまま皆の前で自分から昼飯に誘い、月城の腕を引いてさっさとその場をあとにした。

俺と月城は学食の端の席に向かいあって腰を下ろし、黙ってうどんを食べていた。

「気にしてないよ。中学のときとか、もっと悲惨だったもん」

月城はこともなげに言う。なかなか面倒な環境で生きてきたのが窺《うかが》われる。

「昔は嫌なこと断れなくて、全部受けちゃって……本当はやりたくないのに、やりたい子の席を奪っちゃったりさ……」

どうやら似たような事例は過去にもあって、そのときとは別の道を選んだらしい。

「それよりさ、どうして庇《かば》ってくれたの」

そんなことを聞かれても、答えはひとつしか持っていない。

「……友達だから」

月城は目を丸くして数秒沈黙したけれど、やがて「そっか……」と言って目の前の海老《えび》天を箸でつまみ上げてニヘッと笑った。

「友達っていいよね」

「そうか？」

「うん、たとえば付き合ってる彼氏にあんなふうに庇われたら、なんか申し訳なくなっちゃうし、ちょっと恥ずかしいような気もするけど、友達だとすごく嬉《うれ》しい」

「はぁ……」

よくわからんが、それはよかった。

「あたしやっぱ最初に友達からって言われてよかったなーって思う」

学食は光が射《さ》し込んでのどかな雰囲気だった。

「周り見ててもさ、友達だったころは仲が良かった二人が恋人になると、嫉妬したり束縛したりで揉《も》めて……別れて口もきかなくなったりしてるし……恋人関係ってもしかしたら友達よりずっと難しいのかも」

「そうなんかな……」

「それに、肩書きがあるとその役割ばかり見ちゃうけど……友達は、フラットに相手を見られるし」

　あまり、考えたこともなかった。月城は俺に比べると繊細な思考をする。見えている世界が少し違うのかもしれない。

「悠と学校で一緒にご飯食べてるの、なんか新鮮……」

「うん……そうだな」

「嬉しいな」

「あれ……月城って……学校では俺と話したくない……ってわけではなかったのか？」

　月城はうどんを箸で持ち上げた体勢できょとんとした顔をする。

「え、悠は友達多いから、邪魔しないようにしてたけど……どっちかっていうと嫌がってたの悠のほうだよね」

　それに関しては身に覚えがあるので何も言えない。俺は最初のころ月城も教室では話したくないのだと解釈して、勝手にそう思って安心していた。

「碧《あおい》さん、私もご一緒してもいいですか」

声がしてそちらを見ると、弁当箱を持った湯田《ゆた》がいた。

月城は「うん」とだけ答えた。それから口元でちょっと笑ってから隣の席を空けた。

「おれもおれも」と言って、陽気に現れた赤彫が俺の隣に勝手にドシーンと座った。

「お前、湯田がいると途端に三枚目になるなあ……」

「え、そお？」

湯田を見ると、完全に身構えていた。変質者に狙われているときみたいな顔だ。赤彫の恋慕というか、執念が報われる日は来るのだろうか。

その後教室に戻ると、月城はしれっと女子たちに近づき、衣装担当を申し出た。

月城がいつもよりは少し下手に出た態度を見せ、仕事柄、衣装関連には詳しい、いいものを用意できると言うと、ぶすくれていた女子たちの機嫌はだいたい直った。

その際見ていると、ひとりひとりの目を見てさりげない親密さを出したりしていて、転がし方がうまい。見る限り険悪な雰囲気はすぐなくなった。見事だった。

授業が終わると月城が俺の机の前に来て、ごく普通の調子で言った。

「悠《ゆう》、今日、一緒に帰れる？」

「うん」

「じゃ、行こう」

なんとなくうっすら周りがこちらに注目していた。

しかし、もともと自分から公衆の面前で昼飯に誘ったわけだから、月城が普通に帰ろうと誘ってきても何も問題はない。というか、友達なのに、なぜ今まで隠すようにしていたのだろう。急にそれがものすごく不自然なことに感じられてきた。

そのとき実感した。俺の中で月城は、いつの間にかきちんと友達になっていた。

関わり方は同性のそれとはやはり少し違う。けれどそれを踏まえた上で、自分の中で友情を育むことができていた。湧いてきた実感は確信に変わり、俺はそう思えたことが誇らしいような気持ちになった。

「咲良《さくら》、じゃね」

「はい。また」

通りすがりの湯田に手を振って、月城は実に堂々と教室を出た。

月城の横顔は僅かに口元が緩んでいて、機嫌のよさを感じさせる。そこはかとなく、いつもより距離感が近い。ともすればぶつかりそうな間隔だった。

しかし、気にすることはない。俺と月城は友達なのだ。友達だとはっきり認めたら、一緒にいるのを恥ずかしがることは失礼だと感じた。

「悠……」

「なに」

「友達だから、悠もあたしのこと名前で呼んでほしい」

やや唐突な物言いに、以前の俺ならばひるんでいたかもしれない。

しかし名前呼びとかその程度のことで臆することはない。月城と俺は友達なのだから。

「わかった」

「じゃあ、呼んで。ハイ」

「碧」

「……は、はい」

月城は……碧は自分で言わせたくせに、だいぶ照れた。

俺の背中をぺしと無意味に一回叩《たた》き、口元を両手で覆うようにしてうつむきがちに歩く。

彼女は普段ポーカーフェイスなくせにこういうとき、妙にわかりやすい。

俺は碧と隣り合って、堂々と校門を出た。

文化祭準備における揉めごと自体はすぐに終焉《しゅうえん》を迎えた。

しかし副産物として、教室ではほぼ話もしていなかった俺と碧が、実はわりと仲が良いということが周知されることとなった。半端《はんぱ》なく目立つ女子、月城碧と公然と仲良くした俺は、翌朝モテない友人に詰め寄られた。

教室に入り席に着くとまず蛇川《あぶかわ》がススと寄ってきた。

「なぁなぁ末久根《すくね》、月城さんと付き合ってるの？」

「いや、実は友達なんだ」

俺は自信を持って力強く答えた。

「そんなこと言って今朝も一緒に来てたろ！　僕、ベランダから見てたよ⁉　どういうことなのよ！」

「家の方角が同じなんだよ」

「それに昨日月城さんが末久根のこと悠って、名前で……ボッ、僕も呼ばれたいなぁ……」

なんで後半急にしみじみしてんだよ……。

蛇川は「僕も試しに頼んでみようかなぁ……」と悩み出した。

「どうせ断られるだろ……」

いつの間にか近くにいた藪雨《やぶさめ》が冷めた声を出すが、虻川は盛り上がった。

「冷たく断られ……そ、それもまた……！　あぁ……！　たまらない！　たまらないよ！」

「すまん、アブ。オレ、お前が理解できねえわ……」

藪雨が呆《あき》れた声を出す。また虻川がたくましい性癖をこじらせている。

そこに及川《おいかわ》が寄ってきて長い前髪をかきあげた。

「やあキミたち、今朝もくだらない話をしているね」

片手で眼鏡を押さえ、謎のポーズをとりながら低い声音を作って言う。彼は面長で頬がこけているし、どでかい眼鏡でかなり痩せているので、そういった行動はキザというよりいにしえのヲタクめいて見える。

「えー、だって及川も気にならない？　月城さんだよ」

「ボクは興味ないね」

及川はフッと息を吐きながらちょっとクールに言った。

「そんなこと言って本当は……」

「いや月城さんだろ。ボクは一生話しかけられないからね。関係ないんだ……フフッ」

「かっこつけて言うことかよ」

「そのポーズはなんなんだよ……」

全員でゲラゲラ笑って、この話はすぐ終わった。

うちのクラスの男子は大人しくて礼儀正しいやつが多い。特に俺の周りはアホしかいない。そして俺は女子とは話さない。だから幸いなことに碧との関係について深掘りして直接聞いてくるようなやつはいなかった。


そして文化祭準備の一件で、女子に関しては完全に嫌われたかと思いきや、予想外の反応があった。

「一部の女子の間で末久根さんの株が上がってるのを感じます」

自販機前でバッタリ会った湯田は占い師のようにそう言った。

「なんだそれ。俺、たぶんこの間から女子にはすげー嫌われてんぞ」

湯田はベンチに腰掛け、紙パックのいちごオレにストローを突き刺しながら言う。

「ええ、文化祭準備の件ですね。あれでごく一部の心証は悪くなったかもしれませんが、女子にもいろいろいます。碧さんに劇に出てほしかったのは中央にいる目立ちたがりで仕切りたがりの、でも本当のところは碧さんとお近づきになりたい権力層です」

「……け、けんりょくそう？」

ちょっと何を言ってるのかわからない。

「でも、実際言えなかっただけで、あのとき碧さんに目立つ役を強引に押し付けて客寄せパンダにしようとした態度に高圧的なものを感じた女子も多くいまして……そういった層からの株が上がっているんですよ」

「はあ……」

「加えて碧さんがあのあとから末久根さんと表立って仲良くし始めたのも影響しています」

「え、そうなのか」

「モテる男子って……なぜかモテるんですよ。末久根さんにはもともと隠れファンのような子はいたんですが、特にヒエラルキー上位の碧さんのお気に入りとなると……急にレア度が爆上がりというか」

「いやでも、俺、べつに誰からも話しかけられてないけど」

「女子は、力関係が男子と比べても複雑で難しいんですよ……ひっ！　失礼しますっ」

湯田が突然、座っていたベンチからすっと立ち上がり、どこかにスタコラ消えた。

ほどなくして、そこに赤彫《あかほり》が現れた。

「なぁ、今、湯田いなかったか？」

「……あっちへ行ったぞ」

「その返答、本当は背中に隠してるな！　出せ！」

「いやどこに隠すんだよ。本当にあっちに行ったんだって。なんか用があったのか？」

「いや、お前と月城さんが解禁したんだから、おれと湯田の関係も解禁していいだろ！」

「お前と湯田の関係って……」

「無論友達だ！　おれたちもそろそろ公然と友達してもいいだろ！」

獲物を探す目つきで声を荒らげる赤彫の肩をぽんと叩く。

「あのな……女子は力関係が男子と比べても複雑で、難しいんだよ」

さっきのがどこまで真実かは置いておいて、ほかでもない湯田の世界認識だ。そこらへんにヒントがある気がしている。

赤彫は怪訝《けげん》な顔をして首を捻《ひね》る。

それから真顔で「お前は……何を言っているんだ？」と言った。

＊　　＊

文化祭本番の日がやってきた。

我が校の文化祭は一年生には模擬店が許可されていない。一年は展示か発表、二年は模擬店、三年生は映画製作となっている。映画製作は撮影所が近くにあるせいか、その影響で、なんとなくそうなっている。

そして我がクラスの出し物である劇はプログラムの関係で午前中には終わり、そこからは自由時間だった。俺は緞帳《どんちょう》の上げ下げの係をやっていたが、終わってからすぐに寄ってきた虻川と藪雨につかまった。

虻川が元気よく言う。

「なぁなぁ、末久根、ダンス部見にいこうよ！　脚を上げるダンスがエロいらしいよ！見えそで見えないらしいよ！」

「すごく局地的な情報だなおい……」

「オレは三次元には興味がないんだが……こいつがうるさくて……」

藪雨は目を細めて呆れた様子で息を吐いた。

そこに及川が現れて「ボクも特に興味はないのだが……」と言いながら眼鏡を外し、キユッキユッと曇りなく拭いた。

「では！　まいりましょうか！」

「興味津々《きょうみしんしん》じゃねーか！」

同時に全員から突っ込まれていた。

ダンス部を見たあと、いくつか教室をまわる。通りすがりに湯田《ゆた》と碧《あおい》が連れ立ってクレープを食べていた。碧が小さく片手を上げてひらひら振ったので挨拶を返した。

少し話でもしようかと思ったが、及川に袖をクイッと引かれる。

「末久根君、そろそろチア部の発表が始まる。可及的速やかに移動しようじゃないか！」

なんだかんだ張り切りがすごいピカピカ眼鏡の及川に腕を引かれ、体育館に連行された。


一日目が終わり、帰宅すると碧がダイニングテーブルの椅子にいた。

ぶすったれた様子で制服のまま膝を抱え、紅茶に蜂蜜を入れて飲んでいた。

「ただいまー」

「……おかえり」

「あれ、なんでやさぐれてんの？」

聞くと碧は細めた目でジロッとこちらを見てから大きなため息を吐《つ》いた。

「人が多いからかジロジロ見られるし……あとなんか他校生が……ほんとうざい……」

「あぁ……」

それでなくても文化祭なんてナンパが多いのに、一応有名人である碧目当てで来校してるやつも一部いるとか聞く。

「大学生もうざい……」

「おつかれ。大変だな……なるべく人といるといいんじゃないか」

「……じゃあ、悠《ゆう》が一緒にいてくれるんだ？」

「えっ、俺？」

「そっか……悠はダンス部とかチア部見るのに忙しいか……」

「わ、わかった！　ぜんっぜん忙しくないから明日は一緒にいよう！」

「え、いいの？」

「うん」

「でも、友達とまわるんじゃ……」

「碧だって友達だろ」

そう言うと碧は口元を緩めて、コクコクと頷《うなず》いてみせた。

そんなわけで文化祭二日目は、劇のあとに碧と湯田と集合した。

「昨日は大変でした……。末久根さんがいてくれると、たいっへんにありがたいです」

昨日は湯田も一緒になってナンパされまくっていたようなので、戦々恐々としている。

「なにしてんの。なにしてんの。おれもおれも」

赤彫がワサワサ寄ってきた。湯田が冷たい目で見たあと、深い息を吐く。

「今日ばかりは赤彫くんを歓迎します……」

「えっ、今までおれ、ずっと歓迎されてなかったの？」

湯田は無視して続ける。

「私も昨日は辟易《へきえき》しましたので……赤彫くんはなるべく碧さんの隣にいてください」

なるほど。赤彫が隣にいればお似合いのカップルに見えて、男はまず寄ってこない。

しかし、すかさず「やだ」と言った碧が俺のうしろにサッと隠れた。

「……そうでした。いやですよね。わかります。失礼しました」

「ひでえ……」

「悠、どこ行きたい？　あたしは……」

「お化け屋敷《やしき》だろ……三階」

「へへ……」

「わ、私は廊下で待っていますね……」

食虫植物を可愛《かわい》いと愛《め》でる湯田もホラーは苦手らしい。碧とは逆で、俺にはその差があまりわからない。わずかにわくわく顔の碧を先頭に階段を上がる。

二名ずつしか入れないので赤彫と湯田を廊下に残して、お化け屋敷の教室に乗り込んだ。

お化け屋敷はぱっと見でチープなものであった。

暗幕で部屋全体を暗くしていたが、カーテン部分がズレてわずかに眩《まぶ》しい光がちらちら射《さ》し込んでいる。どこからかヒュードロドロというような、お化け屋敷ミュージックとしかいいようがないものが流れていた。

完全に油断して中に入ったとたん、手に何か触れたのでビクッとした。

「なッ……」

見るとなんのことはない。碧が手を繫《つな》いだだけだった。

「そんな怖いか？」

「用心のため、一応……なんかすごいの出るかもしれないし……」

碧は言い訳がましくボソボソとこぼし、離そうとはしなかった。しかし友達が怖いというなら仕方ない。俺も無理に離さなかった。

段ボールで通路が作られていたのでそこに沿って進む。途中、グロテスクな造形の化物のマスクが置いてあった。それから床に毛布が敷かれていて足元がフワフワになる。

扇風機からの風がビュウと吹く。最後に鏡が置いてあり、終了。碧がそこで片手で前髪を直していた。

出口から出ると、待ち構えていたように湯田が寄ってきた。

「ど……どうでした？」

「ぜんぜん大丈夫だったよ」

「ギミックもそんなになかったしな」

碧と顔を見合わせて言う。拍子抜けするくらい、何もなかった。

「人がいて驚かしたりしないのか？」

赤彫の質問に碧が答える。

「セクハラお化け屋敷になる事例が多いから、うちの高校では禁止されてるんだよね」

それは知らなかった。そして碧は知っていたのか。

「そろそろなんか食いにいこうぜ。おれ腹へった」

「そうだな」

階段を下りて、食券を買いに移動した。

「何がありましたっけ」

湯田が言いながらプログラムのしおりを開き、読み上げる。

「クレープ、ポテト、チョコバナナ、タピオカ、だんご、カレー」

「学食の出してるカレーが一番無難にうまい気がするな……」

「でもそれだといつもと同じだろ」

「じゃあ野球部のたこ焼きでどうだ」

「さんせー」

「異論ありません」

「外だな。先に食券買いに行こう」

一階の廊下の辺りで赤彫《あかほり》がこちらを向いてたまりかねたような口調で言う。

「なぁお前ら……」

「ん？」

「いつまで手繋いでんだ……。べつにいいけど……」

「……え？　あ！」

手を繋ぎっぱなしだったことに今さらながら気がついて慌てて離す。

「あぁ！　赤彫くん、余計なことを言ったから末久根《すくね》さんが気づいてしまったじゃないですか！」

「赤彫は余計なことしか言わないね……」

「はは……おれイケメンだからその扱い新鮮でゾクゾクするわ」

人は自信がなくなると自慢が増えるという。赤彫が自らをイケメンと言い出した。

外に出てたこ焼きを購入し、木陰にスペースを見つけていざ食わんとしていると、他校の女子高生二人組が声をかけてきた。

「あのー、月城《つきしろ》さん。一緒に写真、いいですかぁ」

たこ焼きを口に放りこむ寸前だった碧が軽く眉根を寄せた。何も、食べているときに言わんでも……と思わなくはないが、実際サービス精神旺盛な人なら快く対応するのだろう。碧は明らかにそのタイプではないが、下手に断ると心証が悪くなったりするのだろうか。

固唾を呑《の》んでいると、赤彫が明るい声を出す。

「ごめんねー、今食べてるから」

「あ……いえ、すみません」

「なんなら代わりにおれが一緒に写ろうか？」

赤彫がチャラい返答をして、他校生女子たちは顔を見合わせてちょっと笑う。

そして赤彫は「どこの高校なの？」と声をかけ、一分ほどの世間話ののち「じゃあねー勉強がんばって」などと言って退散の流れに持っていった。女子高生たちは去るころには「今の人イケメンだったねー」「月城さんの彼氏かなぁ」などと話していて、すっかり本来の目的を忘れていた模様。見事だ。

「すげえな赤彫。さすがチャラ男……」

「それ微妙に褒めてねえだろ」

「褒めてるって。な、碧」

「うん。まぁ」

碧がたこ焼きにぱくつきながら興味なさそうに頷く。

「な、湯た……あ」

湯田のほうを見ると、無表情だった。

「私は、赤彫くんのそういうとこが……昔からあまり好きじゃないんですよね」

「え、じゃあおれのどういうところが好きなの？」

「特にありませんね」

心臓の強い切り返しをした赤彫を、湯田がバッサリ一刀両断にした。

「咲良《さくら》、これチーズ入ってておいしいよ」

「あ、いただきますね」

湯田が切り替えたので、俺も手元のたこ焼きに集中することにした。

さすがに男連れだとナンパはなかった。

しかし、ほかにも変なやつはいた。他校の男子二人組だったが、見ているとふざけたふりをしながら女子にぶつかっている。その際どさくさ紛れに少し触るのを忘れない。

この歳《とし》でそんなアクティブ痴漢行為に手を染めているなんて、寂しい青春としかいいようがない。

彼らは碧《あおい》を見ると顔を見合わせ頷いた。

碧といると文化祭の景色がだいぶ剣呑《けんのん》に変わる。今、碧は俺の少し前を湯田《ゆた》と並んで歩いている。あくびまじりで、前方の不審者たちに気づいていない。

俺は全力でそちらに注意を向け、至近距離に近づく瞬間、碧の肩に手をまわす。

「え、悠、なに？」

それからぐるんと華麗にターンを決めた。

男子の一人がドシンと俺にぶつかってきて、俺の尻をベローンと撫《な》でてから、ニヤついた顔で「すいませーん」とこちらを見る。撫でた尻の持ち主に気づくと顔をこわばらせた。

「………………あ、すいません」

「……………いえ。気をつけて」

俺の顔もこわばっていたと思う。お互い、おぞましい体験をした。

それから通りすがりに、校内で最もいかつい体育教師、通称ダンベルに痴漢高校生がいると通報しておいた。

「え、さっきの痴漢だったの？」

「うん……大変だな……」

「ぜんぜん気づかなかった……」

「……それはよかった」

「ありがと……。悠《ゆう》がいてよかった」

「いや……やっぱ隣歩いてないとダメだな……」

「うんうん、ダメだね」

この感じだと少し距離があるだけで、連れだと気づかず声をかけるやつもいるかもしれない。

文化祭とは……なんて危険な場所なんだ……。

そのまま体育館に向かい、軽音部を見て校内に戻った。

陽が傾いて、客足もまばらになってきたころ、廊下で全員でタピオカミルクティーを飲んでいた。碧、タピオカミルクティーが素晴らしく似合う。

「あれー赤彫くんだー」

「あ、末久根、ここにいたのか」

普段あまり相容《あいい》れない、俺の友達とレッドサークルの住人に同時にみつかった。

同時といえども彼女たちの眼中には赤彫しかいないし、俺のモテない友人たちはそこからは異様に遠慮がちな距離を取っている。同じクラス、同じ人類といえど、そこにはまだ高い心の壁が立ちはだかっている。しかし、最近はなんとなくだが、より壁を高くしているのは実は劣等感を抱えてるモテない男たちのほうな気もしている。

「赤彫くん今日の打ち上げ来るでしょ？」

「赤彫、何か食べたの？」

「末久根！　僕今日はちょっと見たよ！　見えそで見えないやつを心の目で！」

「それなんも見えてねーだろ！」

「末久根君！　聞いてくれたまえ！　先ほど眼鏡を落としかけ……大変なことに！」

わちゃわちゃと、誰が何を言っているのかだいぶわからん。

なんとなくレッドサークルとモテない野郎サークルと、分離してしばらく会話した。

ふと見ると、湯田がクラスメイトの仲良しの女子数人と話していた。辺りを見まわすが、いつの間にか碧がいなくなっていた。

「あれ、末久根、どこ行くの」

「ちょっと便所……」

捜しまわると、階段を上がって渡り廊下の途中に碧はいた。

制服の上から羽織ったパーカーのフードを目深《まぶか》に被《かぶ》って顔を隠している。窓の外、中庭でやっている太鼓の演奏をぼんやりと見ていた。しかし、頭の小ささなのか骨格なのか、横向きでも後ろ向きでもフード付きでも、美少女過ぎて目立っていた。

横に立つと、一瞬警戒したような冷たい横目できつく睨《にら》まれる。俺だと気づくとすぐに緊張を弛緩《しかん》させた顔をした。

「あれ、悠。どしたの？」

「だからなんですぐフラフラいなくなるんだよ……」

「え、また捜してたの。ごめん」

碧はごめんと言いながらも嬉《うれ》しげに口元を緩めた。

「……あたし大勢でわいわいするの苦手なんだよね」

「あぁ……」

もしかしたら昔からそうだったのかもしれない。

「でも今日は、あんまひとりでフラフラしてないほうがいいんじゃないか」

「うん……じゃあ」

「そうだ。なるべく人と……」

「悠がずーっと一緒にいてくれるんだよね？」

「そ……」

そういうことじゃなくて……。と言いかけたが、こちらを覗《のぞ》き込むようにしてはにかんだ碧の顔があまりに可愛《かわい》かったので、うっかりそのまま「そう」と答えた。

その後、閉会式が行われ、碧が打ち上げに参加しないというので、一緒に帰った。

「悠は打ち上げに出ればよかったのに……」

いつもの俺なら行っていただろう。

「今日は一緒にいるって言ったし」

碧はへへ……と笑ってから小さな声で「ありがと」と言った。

「今年の文化祭、楽しかったなぁ……」

昨日までの疲れた顔とは打って変わってご機嫌な横顔を眺めた。

＊　＊

文化祭が無事に終わり、祭りのあと。期末テストはあるが気持ちはもう完全にクリスマスと冬休みに照準を合わせてテンション調整を行っている。俺は腑抜《ふぬ》けた気持ちでいた。

いつものように碧と一緒に玄関を出て、大あくびをひとつした。

「悠、ネクタイ」

「はい」

だいぶ雑に結んでいるせいか、ここのところ、ほぼ毎朝出がけに直されている。

その間首根っこ摑《つか》まれた猫みたいにじっとしていないといけないし、落ち着かない。

すっかり恒例のムズムズタイムとなっていた。

自分は緩めに結んでいるくせに……。というか、今日はまだつけてすらいなかった。碧は自分の赤いネクタイをポケットからはみださせている。

「できた」

「俺もやる」

「え、あたしのはいいよぉ……」

碧は手のひらを前に出してひらひらしたあと、一歩後退ってうつむいた。意趣返しになんとなく言ったけど、逆になるとセクハラ案件なんだろうか。

やはり、やめておこうか……。

臆していると、碧《あおい》が自分のネクタイを無言でおずおずと差し出してきた。

え、いいのか。

少しだけ身を屈《かが》め、碧の細い首元に手を伸ばす。

「……っ」

首の後ろに手をまわすと、碧の肩が一瞬だけビクッと揺れた。

「え、今どこがまずかったの？」

「う……変なこと聞かないで」

怒ったように睨まれた。

「……え？　あ……うん」

一応気を遣ったつもりで、触っちゃまずいパーツがあるなら聞いて気をつけようかと思ったのだ。だが、その質問自体が無神経というか……どこが弱いか聞いているのと同義で、なんかもう色々アウトだということに気がついた。これは恥ずかしい。

これ以上何かしゃべるとまた失言しそうなので、そのまま無言でネクタイに集中した。

しゅる、しゅるしゅる。

しかし、これがなかなか、いかんともしがたい。まったくうまくいかない。

よく考えなくとも、自分のネクタイすらきちんと結べていないのに、人のができるよしもなかった。

何度か仕切り直す。

なるべく肌に触れないようにはしていたのに、なぜだか碧が小刻みに震えてどんどん赤くなっていく。余計に焦《あせ》った。

「うう……まだ？」

「まだ」

「早く……してよ……」

赤くなった碧の息遣いが少し荒い。

ともすると別方向に興奮しそうになる思考を抑え、脳内でネクタイネクタイネクタイと唱えながら集中しようとする。

二分かそこらだったろうか。

もしかしたら五分くらいは経《た》っていたかもしれない。

悪戦苦闘、大奮闘の末、俺は大きく息を吐いた。

「うん。諦める」

「な、なにそれ！　なんだそれ！」

「ははは」

碧が真っ赤な顔で怒ったようにツッコミを入れたのでおかしくなって笑った。

「悠《ゆう》のバカ！　バカバカ」

碧が自分のネクタイを乱暴に結びながら悪態をついてくる。それからつられたようにふっと破顔して笑い出す。

そんなにおかしくもないことで存分にゲラゲラ笑って、俺たちはようやく学校に向かって歩き出した。


碧と一緒に教室に入ると入口付近にいた赤彫《あかほり》が目を細めて言う。

「なんかお前ら……最近本当ふっつーにイチャイチャ登校してくるようになったな……」

「うるせえな……。友達だから普通だよ」

湯田《ゆた》も入ってきて笑顔を向けた。

「おはようございます。今日も仲良しですね」

碧が「友達だからね」とだけ答えた。

碧は、俺や湯田と公然と友達するようになってからも、教室では口数は多くない。

「えぇえっ！」

ガタガタンッと音が聞こえてそちらを見ると、近くの席の女子が椅子から落ちて尻餅をつきずっこけていた。

「月城《つきしろ》さんと末久根《すくね》って、付き合ってるんじゃないの⁉」

「友達だよ」

「え、えぇ～そんな馬鹿な！　嘘《うそ》でしょう」

女子はそのまま別の女子に慌てた様子で声をかけていた。

「ねぇちょっと聞いてよ……月城さんと……」

さらに向こうで女子が固まっているところに行き、そこからうひぇーと悲鳴が響いた。

他人の人間関係なんて、どうでもいいことだろうに……。

文化祭以降、何かと噂《うわさ》されていることが増えたのを感じている。ひとえに碧が目立つ女だからだ。寄ると触ると誰かしらを番《つが》わせたがる輩《やから》にいちいちヒソヒソ勘ぐられ、少しわずらわしい。

碧はしれっと自分の席について文庫本をパラリとめくり始めた。

こいつはこいつで他人に注目され噂されることに慣れていて、スルースキルが異様に高い。

お昼になって弁当箱を机に出したとたん、碧がくのいちみたいな動きでシュパッと俺の席の前に現れた。

「お昼、一緒に食べよう」

言うなり腕に腕を絡《から》めてぐいぐいと引っぱる。また、周りの視線が集まっているのを感じる。無駄に抵抗するより連れられてさっさとこの場から退場しよう。

教室前で赤彫が気づいて声をかけてくる。

「あれ、末久根、昼飯……」

「今日は二人で食べるから」

俺の代わりに碧がそっけない返事をしてそのまま中庭に連行された。

中庭は比較的カップルが多いので俺は普段は飯を食う場所にはしない。

「一体なんなんだよ……」

「ここで食べよう」

……それはまぁいいんだが、この人は何をそんなに焦っているんだ。

不審に思いながら弁当箱を開けて、あ、と思う。これは……。

これは、いつもと何かが違う。

普段の俺の弁当はなんというか、茶色い安定感でできている。

まず、これを入れておけば息子は満足すると思っている母による冷食の唐揚げがデフォでふたつ。そして昨晩の残りの煮物だとかがあれば入れられる。そのほかは各種冷凍食品。弁当箱の半分に詰められた米の上には恒例で海苔《のり》がデデンと一枚のせられている。

それが一体どういうことだ。今日の弁当はなんというか……色鮮やかだった。

ミニトマトとうずらの卵が団子みたいに串刺しになったものだとか、あきらかにあの母親のセンスではないし、ブロッコリーで彩《いろど》りを調整しようとする心意気を感じる。玉子焼きだとか、冷凍食品以外のおかずがあるのも異色。母親の顔を思い浮かべ、何かただごとじゃないことが起きている気がして食うのをためらった。

「碧……これ」

食わないほうがいいかもしれない。だって何かおかしいから。

そう言おうとして声をかけるが、碧はこちらを見ようとはせず、自分の弁当箱を開けた。

碧の弁当箱には同じものが入ってはいたが、玉子焼きは端っこの、あまり綺麗《きれい》ではない部分が入っていた。

……俺はこの弁当を誰が作ったかが、わかってしまった。

黙って半分くらいまで食べてから声をかける。

「あの……」

「なに……」

「な、なんであたしに言うの？　だって、その……」

両手をブンブン振ってなぜか隠そうとしてくる。

「あ……ええと。今日の弁当うまいな」

「そ……そう？」

どこまでもしらばっくれようとしていた。

そのくせおかずを口に運ぶたびにチラチラと見てくる。食いにくいことこの上ない。

黙って全部食べたあと、蓋をパカリと閉める。それからおもむろに口を開いた。

「月城碧！　この弁当の製作者はお前だ！　コソコソしてないで自白しろ！」

弁当箱をビシッと指さして言い放つと、碧はヒッと頭をかかえて芝生に突っ伏した。

「そ、そうです……あたしがやりました……」

碧がパッと顔を上げる。

「………ごめん」

「え、まさかこれ……腹下しとか、何か妙なものが入ってたりすんのか……？」

「そ、そんなことしないよ。ただその……一緒に住んでるのをいいことに……騙《だま》し打ちのように手作りを食べさせてしまい……」

「うまいよ……」

「いや、前もオムライス作ってもらったし……普通に言えばいいと思うけど。一体何を気にしてるのか、わからんのだが……」

「九月に調理実習があったの、覚えてる？」

「……え？　ああ、赤彫の机が弁当まみれになってたやつか」

「そうそう、それ」

課題は弁当だった。赤彫は五つほど差し出されていた。しかし全部を食べることは不可能、さりとて特定の弁当だけを受け取るのも誤解を招く。結局笑顔で全てを断っていた。

「なんかね、赤彫に食べてほしかったって嘆いている子を見て……ひらめいたの」

「…………」

「あたし、悠にだったらこっそり作って黙って食べさせることができるなーとか、思いついてしまって……一昨日聡子《さとこ》さんに言っておいて……作戦実行したの」

「……いや、そりゃできるだろうけど……普通に言えよ……」

「ごめん。いたずら心というか、内緒にするのがわくわくして……キモいね、あたし」

「え……」

こんな綺麗な女でも、自分のことをキモいとか、気にすることがあるのか……。思わず顔を覗《のぞ》き込んだ。

「ちなみに……調理実習のときの碧《あおい》の弁当は、誰が食べた？」

「ん？　それはあたしが自分で食べたよ？　なんで？」

「それなら、こんな七面倒なことしなくても、それをくれればよかっただろ……」

「今ならそうするけど……あのときはまだ学校で話したりしなかったし」

「あぁ……そうか。そうだったな」

「あたし、趣味が少ないし、楽しいことそんなに多くないんだけど……悠にお弁当作るのすっごく楽しかった」

妙なことで楽しがる女、月城碧。しかしこんなことで楽しいなら何よりだ。

一緒に教室に戻り、トイレに行こうとひとりで廊下に出ると、そちら方向から戻ってきた湯田と鉢合わせした。

湯田がほがらかな笑顔で言う。

「あ、末久根さーん、さきほど中庭で碧さんの手作りのお弁当を食べて、それに激しくダメ出しして土下座させてたって本当ですか？」

「何がどうなってその早さでそんな誤解が生まれてんだよ‼」

「う、噂ですよう……」

「くだらねえな……湯田、まさか信じてはないよな……」

「もちろんです！」

湯田はあらぬほうに目を逸《そ》らしたままコクコクと頷《うなず》いた。

しかし、妙な噂を立てられようが、気にすることはない。俺と碧は友達なのだから。

堂々と仲良くしていればいい。

＊　＊

放課後に教室に残って藪雨《やぶさめ》と及川《おいかわ》と話していた。

そこに、同じ図書委員の高木胡桃《たかぎくるみ》が入ってきた。

「末久根くーん……キミ、委員会のこと忘れてないかね？」

さっきまで笑いながら話していた藪雨と及川は女子が来たとたん、まるでカラオケで店員がドリンクを持って入ってきたときのようなノリで貝のように口を閉じた。何食わぬ顔で歌い続けられぬ種族なのだ。女子が去るまで口が開くことはないだろう。

「委員会？　……あ、悪い。完全に忘れてた」

「もー、今週の当番は、お昼はワタシ、放課後はキミって先日決めたじゃないか。頼みますぞー」

高木と一緒になって廊下に出た。高木はショートカットで丸い眼鏡をかけた妙なノリの女子だ。業務連絡以外で話したことはないが、なるべく普通に話すようにしている。

「カウンター、今誰がいる？」

「ワタシが今ここに呼びに来てるのだから誰もいないに決まってるであろう」

「……そうだな。急ぐ」

「ワタシも急ぐあまりに図書室に鞄《かばん》を置いてきたので共に参ろう」

図書室に向かう途中、碧とすれ違う。小さく手を振られたので、振り返した。

「……でもよかったよう」

「何が？」

「いやいや、最初のころ末久根くんは何聞いてもウンとかフンとかしか答えなかったから、二学期になって少し意思疎通が図れるようになって安心したのだよ……」

「それは……申し訳なかった」

以前は性別女に等しく心を閉ざしていた俺だが、碧や湯田《ゆた》と話すうちに、少し変わった。

高木は委員会の仕事で一緒になっただけの相手だ。たんたんと業務連絡をしてくるし、嫌そうな態度も見せない。

たとえ心の中でキモいと思おうが馬鹿にしていようが、表に出さず仕事としてフラットに接してくれている。そんなやつにまで敵愾心《てきがいしん》を燃やし、心を閉ざすのはさすがに違うと思うようになった。表面的な対応を変えるだけで、べつに信用して友達になるわけじゃないから案外簡単にできた。

「なんだったのあれ……思春期？」

「……そんなようなもんだな」

「まぁキミは今でも、彼女以外とは一切話さない強烈な主義を持ってるって言われているのだがね……」

「彼女？」

「月城《つきしろ》さんのことだが？」

「いや、付き合ってないし……」

高木は一瞬足を止めて眼鏡をクイッと直した。

「え？　えぇぇー？　そんな馬鹿なー！」

俺はようやく彼女とすがすがしく友達になれたというのに、やたらと下衆《げす》の勘繰りをされると馬鹿にされているような気がしてくる。だから力強く言った。

「友達だよ」

「むむ……でも、一緒に学校来たり帰ったり、お昼食べたりしてるよね。手作りのお弁当とかも……それで、ともだちぃ？」

「友達」

思った以上に女子が観察していることにおののきながらも黙って頷く。

「文化祭のとき、手を繋《つな》いでいたとかなんとか……小耳に挟みましたぞ……それでも友達と申す気か？」

「あ……あれはナンパ除《よ》けだ」

「もも、もしや、休みの日に会ったりしたことは？」

「……なくはない」

だいたい家にいるから。

「ふ、二人きりで出かけたりしてるのですな……？」

「いやいや、そんなことはさすがにしないが、家で映画を観《み》たり……」

この辺はうっかり口を滑らせ、言ってからまずいと思った。同居の事情を知らないと、デートより家で映画のほうがハードルが高い。

「……マジすかね？」

高木は目を見開き、頭を抱えた。それから大仰なポーズを取ってビシッと言い放つ。

「断言するがそれはもはや友達ではない！」

「いや、友達だって言ってるだろ！」

「だって、ワタシはカレシ以外と断じてそんなことしませんぜよ！　いや、そうは言ってもカレシなど存在しないのだがっ！」

高木は一気に言うと、ずれた眼鏡を直す。そして顎に手を当てる。

「それは世に言う……付き合ってないだけで友達ではない状態とみました」

「そんなのあるのか？」

「あるかないかはさておき……」

「さておかれたら何もわからんし」

「いやいや……だってそんなん、もう、友達じゃなくない？」

「友達なんだって！」

「はてさて純情まじめピュア路線のワタシが知らないだけで、世間は……思った以上に乱れているのかもしれない……世も末……世紀末……」

高木は図書室の前まで来ると「いやはや野次馬根性失礼いたしやした」と言ってぴょこんと小さく敬礼した。

「というわけで末久根《すくね》くん、次回の当番はゆめゆめ忘れぬよう」

「あいすいません」

俺はカウンター前で本を片手にウロウロ所在なげにしている生徒の前に滑り込んだ。

「お待たせしました！　いらっしゃいませ！」

「……店かよ」

「赤彫《あかほり》かよ」

「おれだよ」

「お前、本なんか読むのか」

「湯田が面白いって言ってた本だよ」

「勧められたのか？」

「いや、そういうわけではないけどさ……」

「なんだ！　ははっ！　ストーカーみたいだな！」

「明るくひどいこと言うのよせよ！」

俺は笑いながらも、頭の隅に先ほど言われた高木の言葉がこびりつくように残っていた。

じわじわと小さく頭の中に響き続ける。

「だってそんなん、もう、友達じゃなくない？」

俺はその日の帰り道で友達の定義について考えていた。

友達とは、なんだろう……。

俺は最初のころ碧のことをなかなか友達と認められずにいた。

俺は自分のことを友達だと思ってくれているやつに対して、女子だというだけで心に壁を作っていた。ちょっとした行動にいちいちスケベ心から緊張して、反応しまくっていた。

同性の友人にそんな反応をされたらと置き換えてみればわかるが、面倒くさいことこの上ないと思う。

それらの意識は、はっきりと友達になると、今度は申し訳なくなって罪悪感が湧いた。

その反動からか、友達と認めて以降はどんな行動も友達なのだから堂々とすべきと思っていた。そして同性の友達とはしないようなことも、異性の友達なのだから全く同じではないだろうと片づけていた。

しかし、高木によると、彼氏としかしないような事例が一部含まれているらしい。

言われて改めてそういう目線で考えてみると、俺と碧は友達のラインをやや逸脱していることが多い気がしてきた。きちんと友達をしようとするあまり、今度は反対方向に行き過ぎていたのかもしれない。

道路の白線をぼんやり見ながら歩く。白線はところどころかすれて消えていた。

しかし、そうやってしばらく考えてみると、それはほとんど、ひとつ屋根の下で暮らしている状況下における特殊事例なのだということに気づいた。

一緒に登校するのも帰るのも、家が同じだからだし、リビングの大きいテレビで映画を同時に観ることだってありうる。同じ家なんだから一緒に花火をすることもある。一緒に出かけるときは赤彫と湯田がいるので、純粋な友達付き合いといえるだろう。背景を加味せず事例だけ抜き出すとおかしく感じるだけだ。今まで女友達がいなかったので、考え過ぎてしまったかもしれない。

月城碧《あおい》はやはり、間違えようもなく俺の友達だ。

俺と彼女は友達といえなくなるような、そんな異常な行為はしていない。

俺は自分の出した結論にほっと息を吐いて玄関の扉を開けた。

今日は水曜日。両親は遅い。靴は碧のものしかなかった。リビングに入ると、点《つ》きっぱなしのテレビだけが音を立てていて、友達がソファで寝こけていた。最初のころは自室に籠っていることのほうが多かったので、碧もだいぶわが家に馴染《なじ》んできたのかもしれない。

テレビを消し、床に落ちていたブランケットを拾い、少し距離をおいて眺める。

月城碧は顔が可愛《かわい》い。

誰が見てもそうだろう。だから俺も可愛いと思う。

でも今俺の感じている『可愛い』は、かつて一学期の頭に思っていた『客観的に見て顔が可愛い』とはどこか違っている気がする。慣れ親しんだ者への愛着や、親愛が多分に含まれている。友達になったからなおさら可愛く見えるのだろう。

納得ついでにブランケットを顔の上までふわっとかけなおし、見えないよう隠した。

あれ？

友達って、可愛く見えるものだろうか……。

少なくとも赤彫はイケメンかもしれんが、ぜんぜん、まったく可愛くは見えない。

いや、同性は除外。湯田は……客観的に見て可愛い顔だとは思うが、以前と比べて特に変化はしてない。これは、どういうことだ。

ブランケットの顔部分をペラリとめくる。

やはり、顔が可愛い。すごく可愛い。おでこが綺麗《きれい》だし、頬もふっくらしていて白い、睫毛《まつげ》も長い。鼻の形がよくて唇もツヤツヤしている。

いや、これは誰が見ても可愛いだろう。ただの事実だ。一瞬迷路にはまりこみそうな気配があったが、飼い猫がよその家の猫より可愛く見える現象だろうと片付けた。

ブランケットを顔面までうやうやしくかけなおして部屋に戻った。

＊　　＊

土曜日、夕食の席に碧はいなかった。

隣の空いた席をちらりと見て箸を持つと、何も言っていないのに母が教えてくる。

「碧ちゃん今日はお仕事なんだって。夕食はいらないって言ってたわよ」

「ふうん」と頷《うなず》いて、風呂《ふろ》に入った。

いつものように映画を一本観て時間を確認すると、二十二時半を過ぎていた。

碧に電話するが出ない。スマホをベッドに置いてその前に腕組みして鎮座した。
二、三分後だったろうか、もう一度かけようか思案していると、スマホが鳴った。
「今駅に着いたとこ。どうしたの？」

碧の声の背後はざわざわした喧騒《けんそう》で満ちていた。

「え、車で送ってもらうんじゃないのか？」

「今日はちょっといろいろ事情があって電車。帰りについでに買ってきてほしいものとかある？」

「いや、ない。べつに、無事ならいいけど……」

「もしかして……心配してくれてたの？」

「……うん」

「へへ。そっか。ありがとね」

「もう遅いから、帰り道は気をつけろよ……」

「そんな言うなら駅まで迎えにきてよ」

「わかった」

迎えにいくのは男同士だとないことだろうが、家族間ではするだろうから友人関係の範囲内だろう。大丈夫。

「えぇっ、本当に来てくれるの？」

「うん。すぐ行く」

「いや、ちょっと調子に乗って言ったけど、十五分くらいだし……だいじょぶ……」

「よ、夜だし。碧は特に……なんていうか、顔面が危険だし」

「ほかに言い方なかったの……」

残念ながら言い方を探した結果のチョイスだった。

「じゃあ……まってるね」

碧はそこから小声になって言った。

碧の息の混じるような声質は、ささやき声だと耳に息を吹きかけられているかのようで少しこそばゆい。

最近、夜は冷え込むようになってきた。年々、春と秋が短くなっている気さえする。

薄手の上着を着て玄関を出ようとしたところで母親にみつかった。

「あら悠《ゆう》、あんたこんな時間にどこ行くの」

「げっ……あお……月城《つきしろ》迎えにいってくる……」

母は黙って顔を背け、手のひらで自分の顔をさっと覆った。

数秒後、それをどけてからキリッとした真顔で言う。

「それがいいわね。お風呂わかし直しとくから。さっさと行ってきなさい」

玄関を出て、ほっと息を吐く。無駄にニヤニヤされなくてよかった……。

母親のニヤニヤってなんであんなに忌々《いまいま》しくてはらわた煮えくりかえるのだろう……。

駅に着いて辺りを見まわしたが碧がいない。キョロキョロしていると、冷えた頬に温かいものがぴとっと触れる。碧が背後から手に持ったミルクティーの缶をあてていた。

「へへ。帰ろ」

「うん」

碧は笑いながら悪戯《いたずら》に使った缶を開けて一口飲んだ。

「これ、あったまるよ」

そうしてもうひとつ、手に持っていたココアの缶を渡された。なるほど。これを買っていたから自販機の方角から現れたのだろう。

「ありがとう」

「ううん。来てくれたお礼」

並んで歩き出す。駅を出ると次第に人はまばらとなっていった。

「碧って、いつから仕事やってるんだっけ」

「中二のときに応募したの」

「自分で？」

「うん、……ずっと引っ込み思案だったあたしが、初めて自分から新しい世界に挑戦したことだから……認められて嬉しかったし、もう少し自信がつくまで続けたいんだ」

まだ自信がなかったのか。少し驚いた。

学校でも目立っていて、どこか達観していて、冷めた目でクラスメイトを見ているように見えていた月城碧。人の内面のことなんて、本当に聞いてみないとわからない。

「悠と友達になれてよかった」

「え？」

「こうやって来てもらえて嬉《うれ》しいんだ」

確かに春のころの、口先だけの友達であった俺ならこんなことはできなかった。

碧ときちんと友達になれたからやれたことではある。

「たとえばこういうとき彼氏に迎えにこさせたら、なんかちょっと我儘《わがまま》な感じするけど……友達に来てもらえるのって、すごく純粋な優しさな気がする」

「そうかあ……？」

話しながら歩いていると、温かいココアはあっという間にただの冷たい缶になった。

身を切るような冷たい風が吹いてきて、家の近所に差し掛かるころには「寒い寒い」以外の言葉はなく、二人で帰宅した。

玄関を入ると待ち構えるように出てきた母が「おつかれさま～。冷えたでしょ、碧ちゃん。お風呂入っちゃいなさい」と言って碧を浴室に追いやった。

キッチンで熱いお茶を飲んでいると碧が数分で出てきて「どうぞ。あったまるよ」と言われたので俺も浴室に向かう。

廊下で母と鉢合わせした。

「悠、私もう寝るから、入ったあとお湯抜いておいてね」

「あいよ」

母は真顔で「おやすみ」と言うと、また顔面を手のひらでパッと覆い、数秒小刻みに震えてから階段を上がった。

なぜだろう。顔が見えないのに、かすかに忌々しい……。

浴室から出てリビングに行くと、碧は手に持ったドライヤーで髪をかわかしていた。

普段は洗面所のコンセントを使っているが、俺が風呂に行くからこちらに持ってきていたようだ。

「悠、髪の毛、濡《ぬ》れてるよ」

「短いからすぐ乾く」

「乾かしてあげる。ここ座って」

「いや、大丈夫……」

「だめ。ここ、座って」

肩に手を置かれて、床に座らされた。

あぐらをかいた俺の背後で碧が膝立ちになり、タオルで頭を再度丁寧に拭いていく。

それから、ドライヤーのスイッチを入れたのか、背後でブォーという風音が響き出す。

火傷《やけど》しないよう熱風ではなく、若干生ぬるい温風が耳辺りにかかる。たまに髪の毛を指先で梳《す》くように撫《な》でられて、気持ちよくて少し眠くなる。

脳天に当てようとして少し届かなかったのか、俺の肩に片手を置いた碧《あおい》が背中に身を押し付けるようにして背筋を伸ばす。

……………背中に絶対なんかあたってる。

夏休みに海で見た碧の水着姿が走馬灯のように駆け巡る。眠気はふっとんだ。大して感覚のない背中の皮膚に全神経が集中しそうになる。

やわらかい……気がする、けど背中だからよくわからん。

また疑念がちらっと脳裏を過《よぎ》る。

これは友達同士でやることだろうか。

でも、今友達である碧がやっているのだから友達同士でもやるのだろう。

やがて碧が「乾いた」と言って前にまわり込み、俺の前髪を持ち上げる。そうして右に寄せたり左に寄せたり上に上げたりとワサワサといじくりまわす。

「前髪上げてもかっこいいね……分け目変えてみていい？」

細い指が頭皮を撫ぜてゾワゾワする。なんか落ち着かないし、顔も近過ぎる。

「……それはまた今度で」

耳の辺りが熱を帯びるのを感じて、慌てて立ち上がって伸びをした。こんなことで興奮

して赤面しそうになる自分が実にキモい。見られたくもない。

「悠、もう寝るの？」

「逆にまだ寝ないのか？」

碧がファイヤーTVスティックのリモコンを押して、映画を表示させる。

「あのさ、今度はこれ、観《み》たいんだよね」

画面には日本製のホラー映画のタイトルが表示されていた。

「これ？　……やめといたほうがいい」

「なんで？」

「たぶん碧には激辛だから」

「…………み」

「……うん？」

「……観たい！」

「えぇ……」

そうだよ。この人昔からこういう人だったよ……。

腕を引かれてソファにぼすんと座らされた。

碧は再生ボタンを押すなり、距離を詰めてきた。いざとなったらまた俺に突っ伏して画面から逃げる気なんだろう。しかしあまりくっつかれるとこっちは映画に集中できない。

序盤、十分くらい過ぎたころか、碧が怯《おび》えた声で小さく囁《ささや》いた。

「手、繋《つな》いで」

「えっ？」

「……ここからもっと怖いんでしょ？」

碧は画面から目を離さないままだったが、指だけが探るように腕をたどってきた。

肌がしゅるしゅると擦れて、くすぐったさにゾクゾクした。

やがて、発見された指をぎゅっと絡《から》められた。

小さく肩がぶつかる距離。俺と碧の手が重なって俺の膝に乗せられていた。繋がった手はほんのり温かい。湯上りで互いの体から石鹸《せっけん》の匂いがしていた。

その状態で俺は考える。

友達同士は、手を繋いで映画を観るだろうか……。

自己に問いかけたこの命題に、なかなか答えは出なかった。

「ひえっ」

「うわあっ」

あまりにぼんやり思考に呑《の》まれていたのだろう。悲鳴が聞こえて碧がまた、俺の肩口あたりに勢いよく顔面を埋《うず》めた。個人的には一番の恐怖シーンが画面に映っていた。

「い、いま、何が起こってる？」

「ゆっくり近づいてきてる……」

「……うん」

「怖がってる子どもの目のアップになった」

「うん……ビチャビチャしてるの何の音」

「足音」

「うん……」

「暗転したよ」

しかし、カットが平常シーンに変わってもそのままだったので、肩のあたりをトントンと叩《たた》く。

「……観ないの？」

「だいぶ怖い……」

「じゃあ停止する？」

「やだ。観る」

そう言いながらも、まだ顔を上げる気配はない。

「もう少しだけ……覚悟ができたら……観る」

碧の覚悟がなかなか用意されなかったので、俺はひとりで映画の続きを観た。二回目なので初回で気づかなかった細かい演出に気づいたりして、なんだかんだそこを楽しんでしまった。

くっついていたのが温かかったのか、ストーリーが終わってからまた見ると、碧は寝ていた。たぶん、疲れていたんだろう。

画面にはエンドロールが流れている。

俺の半身に友達が抱きつくようにして寝ている。

友達って、なんだろう。

どこまでを友達というのだろう。どこから友達じゃなくなってしまうのだろう。

エンドロールは停止したけれど、俺の思考は結論まで辿《たど》りつかない。

冬の章

十二月に入り、いよいよ冬が深まってきた。

教室に入るなり湯田《ゆた》がサカサカと寄ってきて声をひそめて言う。

「おはようございます。末久根《すくね》さん、テスト勉強してます？」

「開口一番になんだよ……」

「いえあのー……一緒に勉強しませんか」

「え、湯田と？」

「はい、末久根さんと碧さんと……赤彫《あかほり》くんも」

しれっと赤彫も加えたことに驚きを隠せない。

「……どういう風の吹きまわしだ？」

湯田はぐいと背伸びをして、顔を近づけさらに声をひそめた。

「見たところ碧さんは英語が学年トップ、赤彫くんは数学が学年トップです……」

「ほう……それで」

「学年トップの勉強法……見てみたくないですか……」

「なるほど。そう言われると……俺も少し気になる」

「さすが末久根さん、話がわかる！」

「赤彫は湯田が誘ってくれ」

「ガッテンショーチノスケです！」

「誰だそれ」


そんなわけで俺は期末テスト前、放課後に碧と赤彫、それから湯田と図書館にいた。

「では、勉強会を始めましょう！　やっほーい」

湯田がいつになくご機嫌で開始の音頭《おんど》を取った。

「よくそんなテンションで始められるな……勉強だぞ……」

「能力値が上がるかもしれないのが嬉《うれ》しいんです。私、ゲームのレベル上げ大好きなんで」

「はぁ……」

ゲームのレベル上げは嫌いじゃないが、勉強は好きじゃない。

ちなみに赤彫は珍しく湯田に誘われてふたつ返事でほいほい了解したのに、蓋を開けてみれば俺と碧がいたことに若干不満げだった。

図書館なので大声は出せないが、かなり広めの勉強スペースなので密集しておらず、小声でボソボソ教えてもらうことくらいはできる。

「それで、得意教科の普段の勉強の仕方とコツを教えていただけますか」

湯田がインタビュアーのように碧《あおい》に言って「え、うん」と頷《うなず》いた碧がなんとなくいつもやっている勉強のパターンを教えてくれた。

しかし、湯田曰《いわ》く学年トップである碧の英語勉強法はあまり参考にならなかった。

そもそも基礎を地道にコツコツやっているし、好きな分野なので努力という意識もない。加えてセンスなのか、感覚的な呑み込みが早い。普通にできてしまうので、できないやつがなぜできないかがわからないタイプ。

そして意外にも赤彫は教え方がうまかった。相手がどこでつまずいているかを把握するのがうまいし、勘違いや癖があれば見つけて訂正してくれる。お前はこの辺をやるといいとかのアドバイスも的確なので、頭がスッキリする。

「末久根は呑み込みはいいんだけど、なんっかどことなく雑なんだよなー」

「え、そうか？」

「注意力散漫といってもいい」

聞いていた碧がふふっと小さな笑い声を上げた。

「なんだよ……」

「悠《ゆう》は昔から好奇心旺盛で、外交的だったから……公園で遊んでても、何かみつけるとすぐ移動しちゃって……ついていくの大変だったなぁ」

「それ言ったら、大勢でいるとすぐいなくなる碧を捜すのも大変だったんだが……」

「ああ、お二人は幼馴染《おさななじ》みなんですよね。素敵ですねぇ……」

「おれと湯田だって中学からの幼馴染みだろ」

「中学からの同級生は幼馴染みとは言いません」

湯田はぴしゃりと返してノートに視線を戻した。相変わらず赤彫には塩対応。

しかし、見ているとなんだかんだ赤彫はまじめに教えていたし、湯田もまじめに教わっていた。この二人がふざけずに、押したり押されたりしていない普通の会話をしている姿は何か少し新鮮だった。

数分集中して、ふと隣に座る碧の手元を見た。さっきから細い指に握られたシャーペンがしゅ、しゅ、しゅ、と小さく滑らかな音を立てていた。碧の字はなんとなく碧らしい。スッとした綺麗《きれい》な字だ。

そんなことを思い視線を上げると、こちらに気がついた碧が小首を傾《かし》げる。

軽く目を見開き、口元だけで微笑《ほほえ》んで「なぁに?」というような顔をしてみせた。

その顔がやたら可愛《かわい》かったので、動揺して手元のシャーペンの芯がボキッと折れた。

軽く首を横に振り、自分のノートに視線を戻す。

ノートには慣れ親しんだ自分の汚い字が躍っていた。


暗くなったころ図書館を出て、駅のほうに向かう赤彫と湯田と別れた。

「悠はどう？　いい点取れそう？」

「わからんけど、いつもよりはいい感じする……」

人と勉強すると気が散る勢もいるかもしれないが、俺の性にはわりと合っていた。

周りが気を散らすタイプだとすぐつられてしまうが、今回は自分より勉強家しかいなかったからか、なかなか集中できた気がする。

「しかし疲れたし腹減ったなー」

「なんでテストでいい点取らなきゃいけないんだろうねー」

碧も疲れたように口にする。

「そりゃ、将来のためだろ」

「悠はなんの仕事したいとか決めてる？」

聞かれてぼんやりと頭にあったイメージを言語化する。

「俺はなんでもいいから映画に関わる仕事したいかなー」

「映画撮る人？」

「いや、どっちかっていうと、制作じゃなくて配給のほうかな。広告関係でもいいけど……俺が普段ひとりで部屋で観《み》ている、なんか遠いと思ってる世界のものにほんの少しでも関われたら……めちゃくちゃテンション上がるなって」

赤彫と碧が言った通り、俺は元来興味の幅が広い。どんな分野でも激烈にハマってるやつに話を聞いたりするのが好きだし、ゲーセンや釣り堀、遊園地、旅行も含めていろんな場所に遊びにいったり、知らない風景を見たりするのも好きだ。しかし反面飽きっぽい部分があり、他人から話を聞いて少しかじって満足してそれ以上にはいかないことが多い。

ただ、映画は俺が初めて自己と外界の境目を強く感じた時期に出会ったものだ。

あのとき俺は、いくら家族や友人が周りにいても世界に自分はひとりしかおらず、人はよくも悪くも孤独なものだとわかってしまった。映画はそんなときにひとりでみつけた、ものすごく個人的な部分に根付いている特別なものだった。何かの役に立てようだとかは思ったこともなかったけれど、もし少しでも関われたらものすごく嬉しいだろう。

「碧は？」

「あたしは英語好きだからその関係の仕事したいなって」

「英語好きなのに赴任にはついていかなかったんだな」

「フランスは英語通じないもん……仕事もまだ辞めたくなかったし」

「あ、そうか」

帰り道の途中、歩道橋から見える遠くの街の灯《ひ》が光っていた。

なんとなく将来の話をしたけれど、本当のところ社会に出てからのイメージは漠然としていて、どこかまだ遠い。たとえば十年後のこれくらいの時期に俺が何をして、誰といるのかなんて、うまく想像がつかない。

そのときにはこうやって、曇り空の下で碧と未来について話したことを思い出したりもするんだろうか。それとも、すっかり忘れてしまっているだろうか。

＊　＊

テスト明け、そして終業式の日。教室の空気は解放感で満ちていた。

「お、赤彫、どうだった？」

「うん。まあまあ。それよりこれを見ろ」

赤彫が突然俺にスマホの画像を見せてきた。画面にはツルンとしたイケメンがいた。

「これお前？　ぶはは！　加工し過ぎだろ」

「どっからどう見ても別人だろ！　ちゃんと見ろよ！」

「ええ……誰？」

「この男はモデルで、第何回かのなんちゃらイケメンボーイコンテストの一位に輝いた十七歳らしい」

「はぁ。んで、それがどうかしたのか？」

「月城《つきしろ》さんと噂《うわさ》があるんだよ」

赤彫がスマホの画像をぐいと近づけてくる。

「月城さんと付き合ってる……らしい。噂だけど」

「はぁ……えぇっ」

もう一度画像を見た。どうやら芸能人のようだが、俺は映画にたくさん出ているような人じゃないとわからないので、見たことがなかった。

「うーん……月城は勝手なこと言われやすいから、本当のこととは思えないけどな」

赤彫はぱちくりと目を瞬《しばた》かせた。

「信じない、と」

「うん、そんな感じしないし……たぶん違うんじゃね」

「そうかそうか。末久根《すくね》は末久根の目から見た月城さんをちゃんと信用しているんだな」

「……まぁ、そうだな」

「それ、すげえことだよ。偏見の塊みたいなお前がそこまで女子を信用するなんて」

そう言われると、自分らしくない気もしてくる。

女子には裏があるというのが俺の持論だ。だから碧も、俺が知っているのとは違う顔を持っていてもおかしくない。でも、そう思う気にはなれない。

もしかしたら信用しているというよりそう思いたいだけかもしれない。

赤彫《あかほり》はさらに鞄《かばん》から雑誌を取り出した。

「これこれ、このページで一緒に仕事してから言われてるみたいなんだよな」

雑誌のページをパラパラめくりながら言う。

やがて、開かれたページを覗《のぞ》き込むと『可愛くキメる！　着回しデート服』という見出しの下、碧とさっきのツルン男が、並んで手を繋《つな》ぎ街中を歩いている写真が数枚並んでいた。小さく切り抜かれた写真では二人でクレープを食べているのもある。

『ひとくちチョーダイ』などと手書き風の吹き出しが入っていてそれが謎に腹立たしい。

「し……仕事だろ」

「声、震えてるけど」

「震えてなどいない！　お前はなんでこんな浮ついた雑誌買ってんだよ！」

「これは姉貴のだよ！」

写真の碧は知らない人のように感じられた。

「……気になる？」

「うわっ」

気がつくと背後に碧がいた。

「……や、気になるっていうか、本人に確認したほうがいいと思って」

「え、それは、気になるから確認するんだよね？」

そう言ってじっと顔を覗き込んでくる。

「……うん、まぁそうだな」

気になるかならないかで言ったら気になる。それが素直な感想だ。

碧はきょとんと目を見開き、そのあとニヘッと笑った。

「悠でも気になるかぁ。少しは気にしてくれているんだね……へへ」

その顔を見たらさっきまでどこか遠い人に見えていた感覚が、一瞬でなくなった。

「悠、帰れる？」

「うん。赤彫、じゃあな」

挨拶をして教室を出た。

校門を出た辺りで碧《あおい》が身を寄せてきた。俺にだけ聞こえるくらいの小さな声で言う。

「付き合ってないよ」

「……うん」

「彼氏作るより、悠と友達してたいもん」

そう言って碧はふんわりと笑ってみせた。

「それよりさ、悠、最近高木《たかぎ》と仲がいい？」

「べつに仲良くはないけど……なんでまた高木」

「……この間、珍しく単語じゃなく話してたから、ちょっと気になっただけ」

「委員会の仕事の割り当てについて単語で話すのはなかなか難しいからな」

「……ふーん」

碧は少し足を速め、さっさと歩いていく。

「んん？　なんか少し怒ってないか……？」

「ふん、怒ってない」

「い、いや、絶対怒ってるだろ！」

「怒ってないってば」

碧はこちらをじろっと睨《にら》むと再び「ふんす」と鼻を鳴らし、玄関をどことなく乱暴に開けて入っていく。そのままキッチンに入ると、碧は冷蔵庫を開け麦茶をぐいっと飲んだ。

その背中を見ながら考え込んでいると碧が戻ってきた。

「……やっぱあたし怒ってる」

「そ、そうなんか……」

「許してほしければ……」

「まてまて。なんで俺が許しを請う展開なんだよ……一体俺が何したって……」

「罪状はどうでもいい。デートしたい」

「どうでもいいって……え……デ？」

「デート」

碧は、はっきりと、デートと言った。

天井を見て考える。

デート。

「ちなみに咲良《さくら》は赤彫とデートするらしいよ」

「えっ、友達なのにか？」

碧は力強く、重々しく、こくりと頷《うなず》いた。

「なんか最近、赤彫が学校でやたらと寄ってきて、ウザくてたまらないから外で会うって言ってた……」

それを、湯田《ゆた》はデートとは認めないだろう。しかし、湯田がするんだから友達同士でも普通にするものらしい。

「わかった……どこ行く？」

そろそろ碧とならば二人で出かけられる気がして、そう聞いた。

「え……えぇえっ!?　い、いいの？　本当に？　二人だけで？」

「なんで聞いておいてそんなに驚いているんだよ……」

「え、ううん！　なんでもない！　取り消し不可ね。やった。映画とかどうかな」

「いいな」

「で……できたら今日か明日がいいなー……」

どうせ同じ家。これから冬休み。いつでもいいだろうと思ってふと気づく。

今日はクリスマスイヴ、明日はクリスマスだ。

「明日にしよう。たぶん今日は家でなんかやると思うから」

「え、そうなの？」

「なんも聞いてないけど……この間家にあった百円ショップの袋にクリスマスの飾りがど

ちゃくそ入ってるの見たから……」

我が家のクリスマスは俺の年齢と共にテンションダウンしてフェードアウト寸前であったが、今年は碧がいるから張り切ってやるだろう。情報をろくに伝えられないくせに、帰りが遅いと文句を言われるパターンだ。文句だけならいいが、どこに行っていたのかなど余計な詮索が加わると地獄みたいな予感しかしない。

夕方になると予想通り、ダイニングテーブルにはケーキがのっていた。

キッチンで鶏肉《とりにく》と格闘している母に声をかける。

「夕飯何？」

「それはねぇ～。いろいろよ！」

やはりマトモな返答はなかった。

「悠《ゆう》、あっちの部屋に袋があるから飾り付けしておいて」

「ええ……俺がぁ？」

百円ショップの袋は一方的に俺に託された。飾り付けとか必要かよ……。

俺はブツブツ言いながらも、しばらく窓に浮かれた形のお星さまを付けたり、壁に西洋風の暖簾《のれん》みたいな飾りを付けたりした。

雑な母が雑に買ったものだ。よく見ると袋にはクリスマスツリー用の飾りも入っている。うちにモミの木はないので、観葉植物の鉢の中で一番でかい金のなる木を無理やり飾り付けた。

ゆったりした部屋着に着替えた碧がリビングにやってきてそれを覗き込む。

「わ、可愛《かわい》いね」

「……可愛いか？」

「可愛いよお」

だいぶ珍妙な飾り付けだと思ったが、湯田といい、女子の感性は不可解だ。

しばらくして帰宅した父は、なぜか俺と碧に菓子の入った長靴をくれた。何歳だと思ってんだよ……そう思うが、こちらも碧がいるから何かしらあげたくなったのだろう。

四人揃《そろ》って、夕ご飯を食べた。

メインは大皿に山盛りの唐揚げだった。今日はくし切りのレモンが浮かれた感じに周りを縁取っている。それからスモークサーモンとモッツァレラチーズが入った普段よりちょっとだけ張り切ったサラダ。あとはバゲット。脇には適当に挟めよのせろよといった感じに生ハムとかチーズとかバジルが雑にのった皿が置かれている。

ワインが買ってあるけれど、両親はそれを開けずに先に発泡酒を飲んでいた。

それなりに気取ろうとした形跡はあるが、全体でいえばやはり所帯じみている。スタンダードなホールの苺《いちご》のショートケーキを食べて、クリスマスの祝いは終了した。

父が皿を洗いにいき、母が風呂《ふろ》を沸かしに立ったのでテーブルに二人残された。

「悠は友達とクリスマスパーティーとかの予定はなかったの？」

言われて脳裏にモテない軍団の顔がパパパと再生された。

「……うん。べつにやりたくないな」

やったらやったで楽しいとは思うが、必要性はまったく感じなかった。

「碧は？」

「誘われたけど……断った」

「え、よかったのか？」

「たぶん別のクラスの男子いるっぽかったし……面倒」

碧は手元でスマホをいじりながらそっけない口調で言ってのけたあと、急に表情をぱっと明るいものに変える。手に持ったスマホを見せてきた。

「悠、明日これ観《み》ない？　ちょうどやってるみたいだから」

「どんなの？　見せて」

こうして、例年よりひとり多い、わが家のクリスマスイヴの夜がふけていった。

＊　＊

夏の夜闇の中、頭上の樹木の葉がガサガサと揺れる音が響いている。

「アオちゃん、どうした？」

アオちゃんはお寺のお堂の手前の道でしゃがみこみ、動かなくなってしまった。

町内会の肝だめし。前の組が泣きながら帰ってきたのを見たあたりから、彼女の顔色が変わったのには気づいていた。でも、泣いていたのは兄妹《きょうだい》で行った組の幼稚園児の妹のほうだったので、小学校四年生ともなれば、そこはさほど怯《おび》えるものでもないだろうと思っていたのに。

「アオちゃん行こう。もうすぐ着くよ」

「でも……あっちになんか、いる気がするの……」

普段はだいたい黙って人についていくタイプのアオちゃんだったけれど、このときばかりはなかなか動こうとしなかった。

「アオちゃんが行きたいって言ったんだろ」

「それは……そうだけど……こんなに怖いなんて思わなくて……ごめん」

「大丈夫だって。こんなとこにずっと座ってるほうが怖くない？」

腕の辺りに小さくちくんと感じてそこをぱちんと叩《たた》く。

「ほら、蚊にもさされるし……行こう」

「……うう……悠くん。ごめんね。手、握っててくれる？」

「わかった」

「ありがとう」

「でも、戻るまでだからな。こんなの……知ってるやつに見られたら……」

「ごめん……ごめんね」

アオちゃんは申し訳なさそうに何度も謝る。

彼女は普段から大人しくて、誰に対しても気弱だけど優しい。普段集団でいても主張らしきものなんてほぼ発しない彼女が、町内の肝だめしに自分から行きたいと言うのも、一緒に行ってほしいとお願いするのも珍しいことだった。

実際来る前はワクワクした様子で張り切っていたので、楽しみにしていたのだと思う。

「ほら、見えてきたよ。もうあそこでお札取って帰るだけだし」

「うん……」

片手はガッチリと繋《つな》がれて、アオちゃんのもう片方の手も、俺の腕を掴んでいた。

俺に摑《つか》まり、支えにしているようにフラフラ歩くので、彼女のほうを見てギョッとする。

「あ、アオちゃん目つぶって歩いてない？」

「も……もう何も見たくない」

えぇー……。何それ……逆に怖くないのか……？

アオちゃんはギリギリと握った手に力をこめてくる。地味に痛い。しかし顔を見ると完全に涙の痕を頰につけて、泣いていたので何も言えなかった。

アオちゃんは気が小さくて、何かあるとすぐにいなくなる。捜しにいくと、ひとりでメソメソ泣いている。俺はそんな場面を何度も見ていた。

札を取って来た道を戻り出す。隣からずっと小さく悲愴な声で「こわいこわいこわい」と聞こえていて、気の毒になって自分はまったく怖がれなかった。

「今日のお昼何食べた？」

「え……なんで」

「気が紛れるかと思って」

「うう……ぞうめん……」

アオちゃんが半ば泣き声で言う。

「ゆ、悠ぐんは？」

「俺は……レトルトカレー……あ、ほら、もう終わりだよ」

目を開け、ゴールを見た途端、アオちゃんは手を振《ふ》り解《ほど》き走り出した。

「アオちゃん……待った！　気をつ……」

暗闇の中、猛ダッシュを決めたアオちゃんは足を樹《き》の根にひっかけてどしゃんと転んだ。

「大丈夫？」

「ううう……ごめんなさい」

「俺、絆創膏《ばんそうこう》もらってくるから、待ってて」

肝だめしを仕切っている大人数人のところに行って消毒綿と絆創膏をもらう。戻ったときにアオちゃんはスタート地点に近い切り株の上に座っていた。

「あたし……どんくさくて……ごめん」

アオちゃんは落ち込んだような声でこぼした。それでも帰るころには彼女の膝小僧には絆創膏が貼られ、本人もケロリとしていた。

「悠くんが一緒に来てくれてよかった」

「森林《もりばやし》とか、沼田《ぬまた》とか、女子と来てもよかったのに」

「女の子はちょっと聞いてみたんだけど、あんまり行きたくなさそうだったから……」

おそらくだが反応が悪かっただけで、ちゃんと断られてもいない。そこですぐ諦めて引き下がるのがアオちゃんだ。

「悠くんが一緒にいれば絶対大丈夫と思ったんだけど……」

「ぜんぜん大丈夫じゃなかったな……」

「へへ。面目ない……」

アオちゃんは膝の絆創膏をちらりと見た。

「ねぇ、悠くん」

それから俺のほうを向いて、はにかんで笑う。

「なに」

「ありがとうね」

妙に懐《なつ》かしい夢を見てしまった。

目を覚ましたとき見慣れた部屋の天井が目に入った。

カレンダーは十二月二十五日。今日は昨日の続き、冬休み初日だった。

アラームを設定していたわけでもないのにスマホが鳴ったので見ると、画面には碧《あおい》から『起きた？　出よう‼』と力強い起床催促が入っていた。『起きたよ』と返して身支度を始める。

『一時間後に出発ね』と即レスが来た数秒後、今度は『ちょっと来て』と送られてきたので部屋に向かった。

行くと碧はしゃがみ込んだ状態でヘアカタログを覗《のぞ》き込んでいた。何をどうすればそうなるのかわからない珍奇で複雑な髪型を二パターン指し示し、見せてくる。

「これ、どっちがいいと思う？」

正直、どちらでもいいんじゃないかと思ったので直感で「右！」と言うと、真剣な顔で「み、みぎ……！」と言ってコクリと頷《うなず》いたので部屋に戻る。

早めに準備してリビングにいると、複雑怪奇な頭の碧が入ってきた。

「へへ、時間かかっちゃった」

一目見て時間がかかりそうなことだけはわかる。今まで見た中で一番ややこしい形状の頭をしている。

「どうかな？　ヘンじゃない？」

例によってよくわからなかったが、ここまでで色々学習していた俺は無難に「大丈夫」とだけ答えた。顔が可愛いから髪の毛が全部蛇になっていても大丈夫だろう。

そのとき階段上から物音がして母親の声がした。

「悠《ゆう》、起きてる〜？　ちょっとちょっと燃えないゴミ袋買ってきてほしいんだけど〜、あとついでに本返して、回覧板も……あっ、帰りに寄れたらトイレットペーパーも……あらいない。悠、ゆーうーどーこだー」

地獄の奴隷フルコースみたいな注文が聞こえてくる。

今、人使いの荒いあの母に捕まると出かけられない恐れさえある。碧と出ると言えば止められないまでもニヤニヤされること必至。

「まずい。俺、窓から出るから庭に靴持ってきてくれないか」

「え？　わ、わかった」

庭に置いてあるサンダルを履いて、倉庫の裏で息を潜めていると、玄関から出た碧がスニーカーを持ってきてくれた。

「見つからなかったか？」

「普通に鉢合わせしたけど……お仕事行ってくるって言って出てきたよ」

碧が苦笑いで言う。

「そんなに隠すことある？」

「絶対に隠したほうがいい。面倒くさ過ぎる」

カーテンの奥に人影がないのを確認して言う。

「よし、そっと行こう」

碧がくすくす笑いながら俺の背に控える。二人で忍者みたいな動きで庭を抜け、家を出た。

映画館のある場所は限られている。自動的に行先《いきさき》は決まった。

俺と碧は電車に乗って、生まれたときに住んでいた街に行くことになった。

昔馴染《なじ》んだ駅についてすぐ、周りの景色を見まわした。懐かしいような風景ではあったが、街はどことなく変わっていた。前はあんなにでかいビルはなかった気がする。

「あの……あそこにあった喫茶店つぶれてるね」

通りすがりに碧が言った喫茶店は、俺たちが子どものころにはすでにオンボロで、誰が行っているんだろうと思う代物ではあった。今はチェーンのうどん屋になっていた。

以前はやはりなかったクレープの店があって女子がわらわらとたかっていた。

「なに見てるの？」

「いや……クレープだなと思って」

「あぁ、女の子じゃなくクレープを見てたのか……」

女好きみたいな扱いされた……。だいぶ心外だ。

俺は一般的に女子が好むとされているケーキだのパフェだのクレープの類が決して嫌いではない。むしろたまに食いたくなる。理由はうまいからだ。しかし、あの手の店はいつも女子が並んでいて、微妙に買いにくい。どうしても食いたいとまでもいかないし、なんとなく断念することが多かった。

「あたし……食べようかなー」

「え、ならば俺もぜひ」

「やっぱり食べたかったんだ……」

「…………」

碧は口元に拳をあてて隠すようにくすくす笑った。

ほどなくして俺の手元には抹茶白玉あずきのクレープがあった。苺《いちご》とチョコのクレープを持った碧が「抹茶もいいね」と覗き込んでくる。

「ひとくちいる?」

聞いた直後、碧の出ていた雑誌の写真を思い出して気まずくなった。

あんなイケメンとやっていた模擬デートの一幕と同じ行動をしてしまったことに、なんだか情けないような気持ちになる。

碧は「えへへ……食べる」と笑って顔を近づけた。

碧の赤い舌に、クリームがのった。思ったより小さいひとくち分欠けたクレープが手元に残される。碧はそれから、唇の周りを舌でぺろりと舐《な》め取った。ていうか、イケメンは本当に食ってはいないかもしれない。そんなどうでもいいことに思い当たる。

大きな街ではなかったが、それでもしっかりとクリスマスに彩《いろど》られていた。

俺と碧は映画館に入り、コーラとポップコーンを買って映画を観《み》た。

観始めのころは何度か思考が逸《そ》れた。

月城《つきしろ》碧と二人きりで出かけて、映画を観ている現実がなんとなくうまく咀嚼《そしゃく》できない。

あのクールな月城さんが、なぜ俺と二人で出かけているのだろう。

そんな感覚にとりつかれた。

序盤を過ぎれば映画に集中してしまい、終わったあとにまた、隣にいる碧にびっくりした。なんだか不思議でしっくりこない。

映画館の閉塞感から解放されて出た街は、薄曇りだった。

ファストフードの店で遅い昼食を取った。碧がコーラのストローから口を離して言う。

「ついでに前の家、外から見ていかない？」

「え……？　ああ、社宅か」

俺の意識の中で碧が教室の月城さんになっていたようで、一瞬ぽかんとしてしまった。

「うん。でも、なくなってたりして……」

「ありうるな」

店を出て駅裏に向かって歩くとその建物はまだあった。

ただ、経年劣化したのか、壁の色は記憶のそれより少しだけ褪《あ》せていて、ところどころヒビが入っていた。建物自体も少し小さく感じられる。

自分と家族が暮らしていた部屋も、碧とその家族の部屋も、今は別の住人が使っているらしく、洗濯物が干されていた。

ふいに、どこかから子どもが笑いながら走っていく声が聞こえて、その瞬間幼いころの感覚が一瞬だけ胸を通り過ぎるようにふわっとよみがえった。

自転車で友達と公園に行って遊んで、飽きたら別の公園に移動する。

見るもの全てが新鮮だから、そこに見たことのない遊具がひとつあるだけで興奮した。

排水溝の奥に落ちていて手が届かない謎の金属の塊は、今見ればゴミだけど、当時はなんだかよくわからない宝に見えた。

走りまわって膝小僧を擦りむいて、それでもゲラゲラ笑って、毎日夕方には名残惜しさを感じていたあのころ。ヘトヘトになるまで遊び、自宅に帰ってきて、今のようにこの建物を見上げた瞬間があった。

振り向くと、あのころの月城碧が俺と同じように社宅を見上げていた。

俺と同じように、日が終わるのをどこか名残惜しそうな顔をして、建物を見ている。

その錯覚は一瞬のちに消えて、すぐに碧の姿は高校生となっていた。

「あたしね、悠って……気がついたときには近くにいたから、初めて会ったときのことは覚えてないけど、小さいころに憧れた感覚は覚えてるんだ」

俺も碧と初めて会ったときのことは覚えていない。幼稚園か、下手したらそれより前だ。

「あたし学校が嫌いだったんだけど……悠を見てたらちょっと楽しくなったの」

「え、俺そんなひょうきんにしてなかったろ」

「そういうんじゃなくて……そうだなぁ、苦手な食べ物すっごくおいしそうに食べる人がいたら、少し食べたくならない？」

「あぁ、それはなんとなくわかるけど……」

「悠はいつも楽しそうだから」

中学のころの同級生に同じようなことを言われたことがあった。

というか、似たようなことを人生の端々でよく言われる。

『お前はいつも楽しそうでいいな』

その言葉のニュアンスはいつもだいたい『お前はお気楽でいいよな』『馬鹿は悩みがなくていいな』という意味合いで、前後の会話の流れや表情からしても、暗に馬鹿にされるときに言われていた。

側から見ているのと本人の感覚は少し違ったりもする。

俺にも俺の苦労があるし、ムカつくこともやるせないこともたくさんある。俺に限らないが人間誰しも生きてりゃ楽しいことばかりじゃない。そういうぶしつけなことを言うやつにはムッとするし、反発心を覚えたものだった。

「あたしはね……悠が楽しそうにしてたから、あたしもこの世界を少しだけ楽しく生きられるようになったんだ。だから楽しそうにしてる悠を見るのが好きだし、つられて楽しくなるし……仲良くしたいなぁって思ったんだ」

同じような言葉を使っているのに、碧《あおい》の言葉はすっとまっすぐに届く。

そこにいたのはもう、教室のクールな月城さんではなく、幼馴染《おさななじ》みのアオちゃんだった。

俺はきっと今、小学校四年ぶりに、幼馴染みをきちんと取り戻すことができたのだ。

小学生のころ肝だめしに使われた寺の前を通りかかる。

広くて、端に幼稚園が併設されている。

俺も通っていた。毎年クリスマスになると、幼稚園のオーナーであり、その寺の坊さんでもあるおっさんが宗派丸無視でサンタのコスプレをしてプレゼントを配ってくれていた。

「あれ、このお寺、こんな小さかったっけ……」

碧がつぶやいて、ふらふらと中に入っていく。クリスマスに寺に行く人も少ないので、閑散としていた。

なんとなく肝だめしのときのルートを歩く。

この辺りで碧が怖いと言ってしゃがみこみ、歩みが完全に止まった。

「なんか肝だめしのとき、ぜんぜんたどり着かないと思ってたんだけど……激近だね」

同じことを思い出していたらしい碧が不思議そうに言った。高校生になって歩いてみると、ものの五分もかからない道のりだったことがわかる。よく考えなくとも小学生にそんなに長い道は歩かせない。

今朝見た夢とは対照的に、碧は堂々としたものだった。

「小学生のころはここの寺、出るって噂《うわさ》みんな信じてたもんな。さすがにもう怖くない？」

「え………出るの？」

「その噂を聞いてたからあんなに怖がってたんじゃないのか？」

「……なにそれ」

「知らなかった？」

「うん……」

碧は立ち止まって、キョロキョロと辺りを見まわした。

「ど、どんな噂？」

「えっ？」

「その、女の人の霊なのか化け物系なのかとか……それにまつわる小話とか……あっ、ここ出てから！　出てから聞くね」

ビビリのくせに聞きたがり……。

碧はまた辺りを見まわして、ほうと息を吐いた。

「でも、今日は何もいないね……？」

碧がそう言った直後、突然近くの樹《き》の枝がガサガサッと大きな音を立てて、何か塊が近くにドサッと落下する気配があった。

「き、きゃあぁ！　出たあ！」

「うわぁ！」

碧が叫びながら反射のように抱きついてきたので俺も驚きの声を上げる。

すぐ近くの足元に落下した何かは「ぎにゃー」という濁った音を立ててものすごい速さでシュタタとどこかに行った。

「……で、出たね⁉」

「いや、猫だろ……べつに怖くない」

「でも悠《ゆう》も怖がって声上げてた」

「それは急に抱きつかれてびっくりしたからだ！」

いるかいないかわからん幽霊より、目の前の女子に抱きつかれるほうがよほど大事件だ。

そして現在進行形で碧の腕は俺の胴に巻きついていた。

もしこれが夏服だったならあやうく少し興奮したかもしれない。そして俺の悲鳴はもっと激しいものになっていただろう。幸か不幸か冬服なので二人分のコートやら何やらで、モサッとした感覚しかない。それでも碧がなかなか離れようとしないので、密着したところがじんわり体温で温かくなってきた。

俺の腕の中にいる月城碧が、意識の中でまた少し進化を遂げる。

幼馴染みの少女は、新しい、高校生の俺の友達の月城碧となっていく。

「でも……あのころと違って……本当はそんなに怖くないんだ……」

碧が胸の中でぽそりとこぼすその声は、くぐもっていてよく聞き取れない。

街の喧騒《けんそう》から少し離れた場所。周りは静かだった。

俺はまた考えた。

月城碧はきちんと俺の友達だろうか。

友達同士はこうやって抱き合ったりするだろうか。

＊　＊

あたしは昔から友達があまりいなかった。

理由はあたしがつまらないやつだからだ。

あたしは人と話しても気の利《き》いたことも言えないし、見当違いな方向に気を遣ったり顔色を窺《うかが》って相手に合わせたりするばかりで、きちんとした会話にならない。

人を楽しませることもできないし、自分自身も誰かといても楽しくなれなかった。

だから休日はだいたい、図書館で借りてきた怖い話をひとりで読んでいた。ビビリなので冬は一ページ読み進めては炬燵《こたつ》にもぐり、震えていた。だいぶ暗い子だ。

小学校中学年くらいに自我が芽生え、自分というものを認識したころ、あたしはすでに自分を『つまらないやつだなあ』と感じていた。

あたしは自分といて楽しい人なんていないんじゃないかと、いつも思っていた。

そんな中、同じ社宅に住む悠くんだけは、昔からいつもごく自然に声をかけてくれた。

彼はあたしといるときも、すごく楽しそうにしてくれる子だった。

自分が彼を楽しませているわけではないけれど、自然に楽しくなってくれる。

そもそも友達関係はどちらかが楽しませたり、楽しませてもらったりするものではない。自然に双方楽しくなれるものだ。悠くんはその当たり前のことがすごく上手な人だった。

悠くんが楽しそうに笑うから、それがすごく嬉《うれ》しくて、自分も楽しくなった。

女の子とは遊び方が違ったし、大人しいあたしらしくない遊び方だったかもしれないけれど、あたしは彼について、よく公園や路地裏を冒険したりしていた。普段くよくよ考えているようなことも、悠くんといるときはどこかに行って、あたしは楽しくいられた。

小四の冬。悠くんの両親が家を買って、社宅を出ていくことになった。

お別れは一緒に遊んだあと家に帰るときくらいの、カラッとしたものだった。

悠くんは「またな」と言ったし、あたしも「うん、またね」と返した。

あたしはボンヤリだったのもあり、そこまで気にしていなかった。聞いていた引越し先は比較的近くだったので、転校はしないと勝手に思っていたのもある。

学校のクラスは違っていたから彼が学校からもいなくなったことには一週間ほどしてからやっと気づいた。

もともとそこまで頻繁に会っていたわけではない。地域の行事で顔を合わせたり、親に頼まれて彼の家に何か届けたり、休みの日や学校帰りに敷地《しきち》内で偶然ばったり会って、そのまま遊んで、たまに次の日の約束をしたりもした。あたしは用事があったら彼を訪ねたし、暇だからと言って彼が訪ねてくることもあった。意識しなくても会えていた。

だからなんとなく、また当たり前に会えるものだと思い込んでいた。

引越しを過ぎてから本当にいなくなったことにじわじわと気がついてびっくりしたけれど、そのころにはもうだいぶ経《た》っていた。

だから電車を乗り過ごしていたことに気づいたような気持ちで、あたしは悲しみに乗り遅れた。緩やかに姿を消したせいで、まるで彼は最初からいなかったような気もした。

ただ時々、学校帰りに公園の脇を通ったときなんかに、楽しそうな笑い声が聞こえたりすると、彼のことをふっと思い出した。

中学時代は思い出すだけでも最悪だった。

肉体的にも社会的にも、男女の分かれ目がくっきりしてきて、恋愛や見た目への関心が高まっていく時期。学力別に振り分けられることもない中学はいろんなジャンルの動物が密室に詰め込まれているかのようで、あたしは教室が息苦しくて仕方がなかった。

相変わらず、人の顔色を窺って、気疲れしかしない人間関係を繰り返す日々。

リノちゃんの好きな人をアイちゃんが後から好きになったので険悪になった。どちらの味方に付くのか決めなくちゃいけない。二人はその彼に話しかけるわけでもない。

心底どうでもいい。ここから外に出たい。どこか新しい世界に行きたい。

そう思ってどこかやけくそみたいな気持ちで行動して、モデルの仕事を始めた。

そうしたらリノちゃんとアイちゃんの好きな人に話しかけられた。

今度は二人の敵はあたしとなった。

そのほかにも今まで話したこともなかったような子がたくさん話しかけてくるようになった。そこでうまく自信を持って喜べればよかったけれど、あたしは結局、顔色を窺う人数が増えただけだった。

あたしは思い切って、楽しくない人間関係を全部やめることにした。

人の顔色を窺うのを全部やめて、その時間好きなホラー小説や怪談を読み漁《あさ》ったり、ゲームをしたりしてひとりで過ごすことにしたのだ。そうしていると、人と群れなくても自分のペースで楽しくいられるようになった。

臆病なくせに刺激的な楽しさへの渇望《かつぼう》があるあたしにとって、怪談やオカルトの中に含まれるドキドキや高揚感、スリルのようなものは安全な刺激として、中毒性が高かった。

これで大丈夫。そう思った。

けれど、趣味の世界に没頭しているときや、仕事に夢中になっているその瞬間から自分の現実に戻るとやっぱり何か足りない気がした。当たり前で退屈な日々。

高校入学前の春休み。前任者が突然いなくなったとかで、親が急に海外赴任になった。

あたしの身の振り方を話し合って最初に出た案は三つだった。

両親と一緒に行くか、ひとり暮らしをして高校に通うか、行く高校を変えて大阪の叔母さんの家で暮らすか。

あたしは当初ひとり暮らしを選んだ。けれど両親はあまりひとり暮らしはさせたくなかったようだ。毎日話しているうちにどんどん叔母さんの家が有力になっていく。

そんなとき、悠くんのお母さんがうちに住まないかと声をかけてくれた。

それでもしばらく会っていない同級生男子がいるということで、どうするか聞かれた。

あたしは迷わず末久根《すくね》家にお世話になることを選んだ。仕事はまだ辞めたくなかった。あれがないとあたしは息苦しい。仕事があれば大丈夫。

でも、あっても何か足りない。

やがて、入学式がきて、あたしは足りなかったものをみつけた。思い出したといってもいい。

末久根悠。

あたしの、遠い昔に失った幼馴染《おさななじ》みがそこにいた。

見た瞬間に、わくわくするような感覚を思い出した。悠くんの家に行くことを決めてよかったと思ったし、どこか楽しみになっていた。

同居の前に少しでも話しておきたかったけれど、悠くんは同居のことを知ってか知らずか、あたしをまるで見ようともしなかった。そこも少し不思議に思って、よく見るようになった。

あたしの幼馴染みは変わっていなかった。

友達は多いのに、体育で二人組を作れと言われたときなんかは、自然と一番あぶれそうな男子といる。それもべつにわざとらしい優しさではなくて、特に関わってこなかったその相手と話すチャンスを見つけたみたいに、楽しそうにしている。社交的というよりはどこか人懐《ひとなつ》っこさを感じる。

あたしはたとえば自分があぶれそうになったとき、同情でそんなのをされても嬉しくない。でも彼がやっているように、そうやって話しかけてくれて、楽しそうにしてもらえるのはすごく嬉しくなる。見ていて少し羨ましくなった。

悠くんは変わっていなかった。ただ、女子に対する態度だけは変わっていた。

あのころ分け隔てのなかった彼は、今は女子のことは見ない。話さない。近寄らない。それも気になって、ずっと見ていて、楽しそうにしてると嬉しくて、羨ましくて、どんどん近づいてみたくなってしまった。

あたしはそのときやっと、自分が小四のときにとても大切なものを失っていたことに気がついた。

近づきたくて、話しかけようとしたけれど、なかなかうまくいかなかった。あたしが、かつての『アオちゃん』ではなく、彼が視界に入れなくなった『女子』の枠に入れられて避けられていることに気づいたのは少しあとだった。

あのころ、大人しくて気弱で影の薄い子だったあたしのことなんか、もしかしたらすっかり忘れてしまっているのかもしれない。

気がついたら同居開始の日になってしまって、やっぱり話しておこうと声をかけた。

彼はあたしのことをちゃんと覚えてくれていた。

嬉しくなって「付き合ってほしい」と言ったのは勢いだった。

高校生になったあたしと彼にとって、それが一番簡単に近づける方法だと思ったから。

でも、それは断られた。

「友達からなら」

彼がそう言った瞬間、自分が求めていたものが目の前に降ってきたような気がした。

あたしは友達が欲しかったんだ。また、彼の友達になりたかったんだ。

彼はいつも楽しそうで、あたしといても楽しくなってくれる。

そんなに特別ではない、普通のことで満たされていたあのころを取り戻したかったのだ。

友達になるといっても、なかなか以前のようにはいかなかった。悠《ゆう》はやっぱり態度が硬かったし、口では友達だと言いながらも、あたしに向ける顔は男子の友達に見せる顔とはまだ違っていた。あたしはそれが不満で、なんとか仲良くなれるようにがんばった。

そしてあのころとは少し違う、でもやっぱり同じような友達になれてすごく嬉しかった。

そうしていると、最初に言った「付き合ってほしい」というのがいかに愚かだったかわかってきた。

付き合ったら、友達関係にはないぎくしゃくした緊張が生まれるかもしれない。束縛をするようになって、喧嘩《けんか》をして嫌がられるかもしれない。逆に嫌がられないように、嫌われないようにあたしは要求を全て呑《の》み込むようになるかもしれない。そして、その先には別れだってあるかもしれない。

あたしは、あたしがいなくなったとき彼が捜しにきてくれるそれに、今はまだ理由を与えたくない。

今ここにある、ただあたしに笑いかけてくれる彼が損なわれてしまうのが怖い。

いつかその先の関係を望む日が来るかもしれないけれど、それは今ではない。

あたしは今、とても幸せだった。

それでも、今よりもっと仲良くなりたい。誰よりも仲良くなりたい。そんな想《おも》いは膨らんで、うっかり口をついて出てきた。

＊　　＊

「悠、あたしと悠は……友達だよね」

碧《あおい》の声で我に返った俺は、今まさに友達とは、と考えて続けていた。

やはり、碧によると友達で合っていたらしい。そのことに少しホッとして、そのとき気がついた。

俺が『友達とは』と気にしていたのは、碧と恋人関係になることに怯《おび》えていたからかもしれない。行き過ぎたゆえに関係性が変わることに危機感を覚えていた。

女性不信が抜けきっていない今、もし碧が友達ではなく彼女となったなら。

俺は碧のことを今と同じ目では見られなくなるような気がする。

俺にとっての碧は『友達』になることでようやく『人間』となったのに、『彼女』となったらまた得体の知れない『女』という生き物に逆戻りするだろう。

友達は良《い》い。

心に妙な付属物なく楽しくいられる。自由で、それでも相手を想うことを許されている。

「あたし……悠と友達になれてすごく幸せなんだけど……次は……」

「え、うん？」

碧はモジモジしだした。上を見たり下を見たり、息を呑み、それからようやく口を開く。

「悠の……親友になりたい……」

そのとき思った。

恋人ではないが、友達としてはやや行き過ぎている俺たちの関係は――

「もしかして、もう親友なのかもしれない」

そうだ。親友だ。

俺は女子というものから数年離れていたため、思考が過剰反応していただけなのだ。

双方がきちんと友達だと思っていれば、周りが何を言おうが友達。

そもそも俺と碧に限らず、男女がちょっと話していただけでやたらめったらカップル扱いされるのは高校生にはよくあることだ。いろいろと考え過ぎだったかもしれない。

男同士とは違う。普通の男女の友情とも違う。

これはおそらく、男女の親友関係だ。

「え……」

碧は自分の頬を両手で包むようにして赤くなった。

「え、どうした?」

「う、嬉《うれ》しいの……」

ぱっと顔を上げて聞いてくる。

「でも、あたしなんかでいいの?」

「いや、俺のほうこそ……」

「悠は最高にかっこいいし優しいし、あたしにはもったいない親友だよ！」

地面を見て力強く言ったあと碧は上目でこちらを見た。それから口元を押さえ、赤くなりながら笑ってみせた。

「あの……これからもずっと……ずーっと、よろしくお願いします」

そう言って手を伸ばしてきたので、それを取って握手した。

冬の空気に冷やされた手が、ぎゅっと繋《つな》がれる。

「悠といると、すごく楽しい……」

「うん。俺もだ」

「しあわせ……」

そう言われると、俺も幸せな気持ちになってきた。

一度は遠く離れた幼馴染みと、またこうやって関係を繋ぎ直せた。

それは、分け隔てのなかったころの懐《なつ》かしく温かな世界のもので、苦いトラウマからの脱却の予感をかすかに孕《はら》む、とても心地のいいものだった。

冬の昼は短い。

寺を出ると、もう完全に夜だった。

俺は寺で憑物《つきもの》を落とされたかのような気持ちでスッキリとしていた。

帰りの電車を降りて改札を出ると、身を切るような冷たい風が吹いていた。

鼻の頭をわずかに赤くさせた碧が、その寒ささえ楽しいという顔でこちらを見て笑う。

「ね、何か温かい飲み物買わない？」

碧がそう言って二人で自動販売機の前まで行った。

「あたしは一本だと多いから、親友と半分こしたい」

「いいよ。何にする？」

自動販売機の『あったか～い』のコーナーはかなりの分量コーヒーで埋まっている。その少ないラインナップからなんとなく、碧の好きそうなものを探す。

「この、ミルクティーでいいんでないか」

「悠はココアのほうが好きだよね。ココアにしよう」

「え……うん。よく知ってるな」

「親友ですから」

碧が誇らしげに言ってココアのボタンを押した。

ガコンと音を立てて出てきた缶を取出口から拾う。

すぐに飲まないとものすごい速さで冷たくなっていく。その場で蓋を開けて交代で口に入れると、小さな缶のココアはすぐになくなってしまった。

「悠、親友だから、手を繋いで帰ろう」

「え、家の手前までならいいけど……」

「あ、そうだね。聡子《さとこ》さんには見つからないようにしなくちゃね」

碧がいたずらめいた笑みを浮かべながら頷《うなず》いた。

一度握手から離れた手が、今度は横並びで再び繋がれた。

「友達って……親友っていいね」

碧が思い出したようにまたそう言う。

「そうだな」

そう言って吐いた息はクリスマスの夜空に白く溶けていく。

手を繋いだまま歩くと、桜の花びらのような白いものが目の前にふわりと現れて、碧が空を見上げる。

街には雪がやってきていた。

「さらに返す！」

コントローラーを戻そうとするとぐいっと押し返され、その勢いでソファに押し倒される。コントローラーを押し付け合いながらわちゃわちゃと揉《も》み合った。

「うわ、碧《あおい》。画面見えない！」

ガコンと床に何かが落ちる音がした。

「あれ、コントローラーどこ？」

「ソファの下に落ちた！」

「え、そしたら……あ、なんかグチャグチャ音聞こえるね」

碧はもはやコントローラーを探す気もなさそうに俺の胸に顔を埋《うず》めてくすくす笑う。

「あったかくて眠くなってきた……」

「さすがにこの体勢だと俺は寝れないからどいて……」

やわらかいし温かいし、いい匂いもしてて無理だ。

「うん」と素直に頷いた碧はソファにきちんと座り直した。やっと画面に視線を戻すと、案の定ゲームオーバーの字が躍っていたので、また脱力気味に二人で笑う。

「聡子さん、さっき不思議そうな顔してたね……」

「え？」

「あたしと悠が親友なのは……変なのかな」

「うん……でもべつにいいんでないか」

他人からそう見られなくても、本人たちが理解していればそれでいい。

それに、俺と碧の関係は言葉でくるならばきっと親友だが、たとえそこに当てはまらなかったとしても、べつに不都合はない。恋人だとか、友達だとか、知人だとか、夫婦だとか愛人だとか、そんなものはみんな関係にあとから言葉を付けただけだ。あらかじめあるカテゴリーにぴったり当てはまらなかったからといって、なんだというのだ。

それから顔を近づけてボソボソと小声で話をして笑っているうちに、結局二人ともソファで眠ってしまった。

目を開けたとき、新年の眩《まぶ》しい朝日がカーテン越しに降り注いでいた。

碧を起こさないように、そっと起き上がる。時計を見るとすでに昼過ぎで、両親は初詣に出かけたあとだった。

「う……ん」

俺が起きる気配で結局目が覚めてしまったらしい。碧がむにゃむにゃと目を擦っていたが、急にがばっと身を起こし、キョロキョロしだした。

「おはよう……っても、もう昼過ぎだけど」

ダイニングのほうから声をかけると、碧はソファの背もたれから顔を覗《のぞ》かせ、ほっとしたように笑った。

「おはよう。悠……」

「あのさ、今日……初詣行かないか？」

「……二人で？」

「うん」

「行く」

小学四年生のころにも、それから少し前の自分にもなかった自由さを手に入れて、俺は彼女と何処《どこ》にでも行ける。

あとがき

こんにちは。村田天《むらたてん》です。本作をお読みいただきありがとうございます。

去年の夏にファンタジア文庫から出させていただいた『ネクラとヒリアが出会う時』のあとがきでは自宅のベランダから狸《たぬき》を見ていましたが、そのあと引越しをして、今度は家から電車が見えるようになりました。たまに、少し遠くを電車が走るのを見ながら書いています。面白いですが微妙に音が近いので、もうちょっとだけ線路から遠くてもいい気がしています。

前作の『ネクラとヒリアが出会う時』は、元はウェブに投稿したもので、自分の好きなものを好きなように、思い切り自由に書いたものでした。ジャンルや、どんな層に読んでほしいかをまったく意識せず書いたものです。

本作は担当さんにたくさんアドバイスをいただきながらファンタジア文庫の読者さまに向けて作りました。とはいえ作風自体はいつも通りで、特に気負うこともなく枠内で自由に大変楽しく書かせていただきました。

人間のダメなところ、優しさと並列で同居する悪意や傲慢さ、大人の要素と子どもの要素、可愛《かわい》い女の子、同級生、近いようで遠いような関係性、付き合っていない状態での無自覚イチャイチャ、雑多な生活感やノスタルジーなど大好きな要素をモリモリ入れて書きました。

あと最後のほうは「いい加減にしろ！」と思いながら、めいっぱいイチャイチャさせました。

本作はど派手な何かが起こるわけではありませんが、日常の風景や生活する上で感じる小さな感情の揺れなどを楽しく書きました。読んでくださった方にも楽しんでいただけたらとても嬉《うれ》しいです。

お読みくださったすべての方と、本作に関わってくださったすべての方に感謝を込めて。

二〇二一年　夏　村田　天

お便りはこちらまで

〒一〇二―八一七七
ファンタジア文庫編集部気付
村田天（様）宛
成海七海（様）宛

富士見ファンタジア文庫

クールな月城《つきしろ》さんは俺《おれ》にだけデレ可愛《かわい》い

令和３年10月20日　初版発行

著者――村田《むらた》 天《てん》

発行者――青柳昌行

発　行――株式会社KADOKAWA
〒102-8177
東京都千代田区富士見2-13-3
0570-002-301（ナビダイヤル）

印刷所――株式会社暁印刷

製本所――本間製本株式会社

ISBN978-4-04-074295-3 C0193

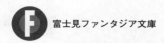

学校
……じろじろ見ないで
【朗報】
俺の許嫁になった地味子、家では可愛いしかない。
秘密の結婚生活《ラブコメ》！

ファンタジア文庫
甘えていい？
家
著者：氷高悠
イラスト：たん旦
親同士の約束で俺に嫁（3次元）ができた!?
相手は地味で目立たない同級生・綿苗結花。
「最近の推しは誰ですか!?」「遊くん…って呼んでもいい？」
趣味もピッタリ、意気投合。
しかも、慣れたら学校では想像できないほど大胆に！
彼女の素顔と、2人だけの生活は可愛さしかない!?
クラスのあの子と